2

俺だけデイリーミッションがあるダンジョン生活

ONLY MY LIFE IN THE DUNGEON HAS DAILY MISSIONS.

2

INDEX

弱肉

餓鬼道は『すこしだけなら年越しジャンプに付き合ってあげてもいい』と、恥ずかしそうに、チュンさんをもみもみしながら答えた。
少しだけ

最強

修羅道は嬉しそうに笑みをうかべた。
3、2、1――
ぴょーん！
ハッピーニューイヤー！

俺だけデイリーミッションがあるダンジョン生活2

ムサシノ・F・エナガ

ファンタジア文庫

3332

口絵・本文イラスト　天野英

俺だけデイリーミッションがあるダンジョン生活
Only my life in the dungeon has
LEVEL UP!
ムサシノ・F・エナガ
Illust 天野 英

ITEM
蒼い血
古の魔術師が使っていた
医療器具
MP10で充填
使用すると体力を
100回復する
ITEM
迷宮の攻略家
冒険において宝の獲得ほど
心躍る瞬間はない
モンスターの頻出地域がわかる
また迷宮に眠る財宝の
位置を暴く
餓鬼道
GAKIDO
ダンジョン財団で多くのエージェントから
慕われる、スーパーエリートエージェント。
その実体はおポンコツ様。
修羅道
SHURADO
ダンジョン財団に所属する美少女。
赤木の大学の同級生らしい。かあいい。

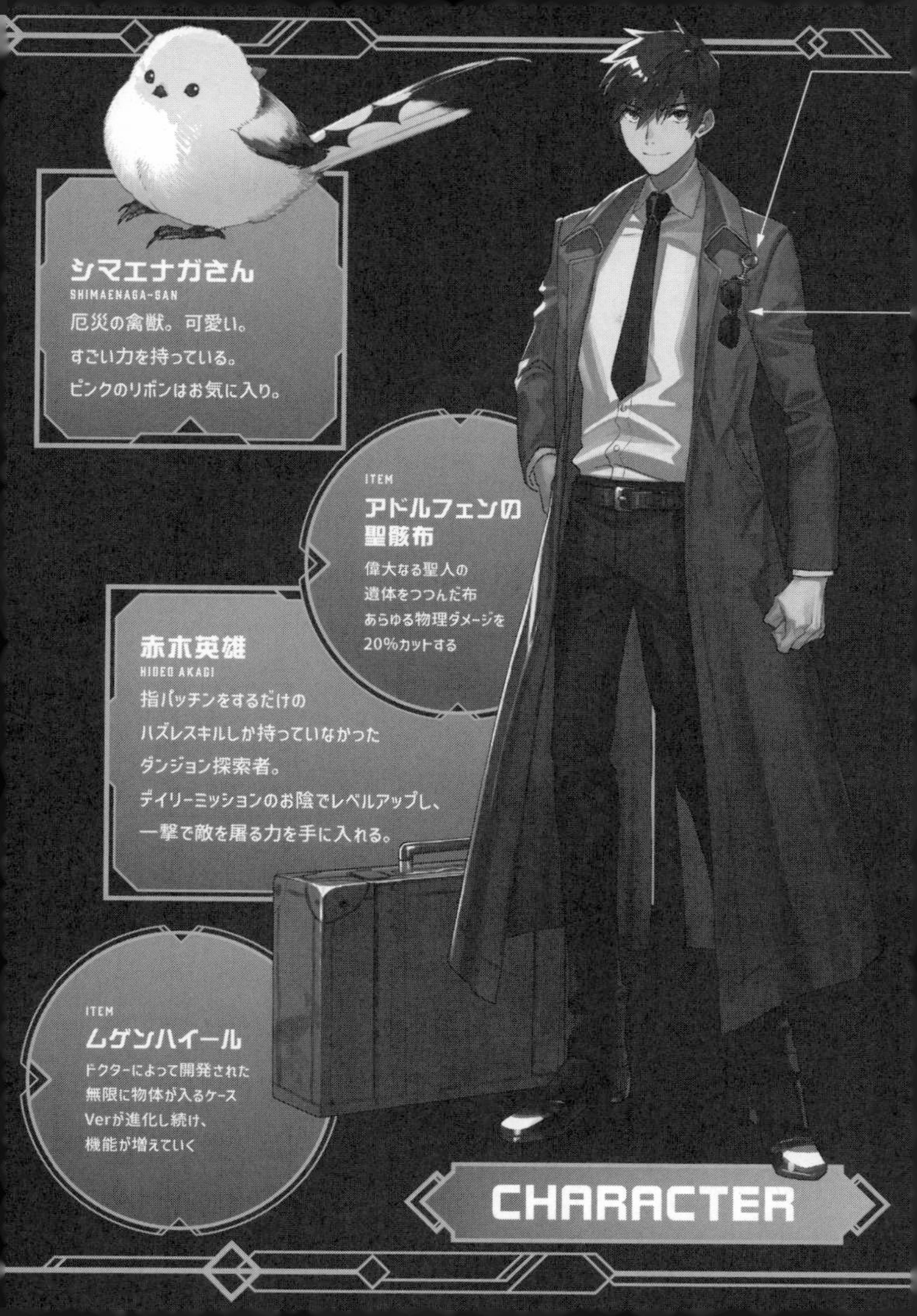
シマエナガさん
SHIMAENAGA-SAN
厄災の禽獣。可愛い。
すごい力を持っている。
ピンクのリボンはお気に入り。
ITEM
アドルフェンの聖骸布
偉大なる聖人の
遺体をつつんだ布
あらゆる物理ダメージを
20%カットする
赤木英雄
HIDEO AKAGI
指パッチンをするだけの
ハズレスキルしか持っていなかった
ダンジョン探索者。
デイリーミッションのお陰でレベルアップし、
一撃で敵を屠る力を手に入れる。
ITEM
ムゲンハイール
ドクターによって開発された
無限に物体が入るケース
Verが進化し続け、
機能が増えていく
CHARACTER

プロローグ　神の血を求めて

空には灰色の暗雲が続いていて、地上には浅い水辺が広がっている。

ここは尋常の湿地ではない。神秘の力が作りだした超常の領域だ。

「ここならばダンジョン財団にも見つからない」

「入り口の隠蔽も完璧だ。ヤドカリは仕事してる」

「乖離《かいり》率は80％から徐々に減少し最小でマイナス2，400％ほどだ」

「凄《すさ》まじいな。これほどとは……光陰矢の如《ごと》しというわけか」

「『顔のない男《ノーフェイス》』の技術力はすでに人類を置き去りにしているようだ」

湿地を男たちが進んでいく。

暗い色の布に身を包んだ男たちだ。邪悪な気配をもっている。

彼らは何もない湿地に大量の物資を持ちこんだ。

ガラス容器に、研究資材、得体のしれない生物の遺体など。

湿地の黒樹《くろき》を伐採し、自分たちの住居も作りだした。

テリトリーを確保し、柴犬《しばいぬ》を飼い、研究に打ち込んだ。

しかし、暗い湿地で長い時間を過ごすということは人間の精神に負担を強《し》いる。

「この陰鬱な湿地から出るわけにはいかないが……」

「行っちゃうか？　ひとすすり行っちゃうか？」

「もう1週間だ。味気ないゼリー飲料だけじゃ精神が崩壊するやつも出てくるだろう」

「行くしかない。心身ともに疲れた時こそ、家系ラーメンだ」

「豚骨醤油《しょうゆ》ベースのスープは細胞に素早く深く浸透する。まさに魔力の汁よ。北欧で家系ラーメンが神の血と呼ばれているのも納得できると言うものだ」

男たちは研究者であった。長い時間、仕事に打ち込むことなどザラだった。

仕事でストレスがたまった時は、家系ラーメンと相場が決まっていた。

今は研究環境が湿地という劣悪なこともあって、彼らの身体《からだ》は神の血を求めていたのだ。


いざ、湿地を抜けだし、疲れた身体にスープを注ごうじゃないか。

そう思った矢先だ。事件が起きた。

「だ、誰だ、貴様は！」

男たちが湿地を出ようとした時だった。

出口にひとり老人が立っていたのだ。背筋のピンと伸びた白髪の老人だ。

手には箒《ほうき》を握っており、口をへの字に曲げ、鋭い目つきで見下ろしてくる。

老人は「ふむ」と何か納得した風に、箒で男たちのひとりを叩《たた》き飛ばした。

「ぐああ！」

「何をするやめろ！」

「こ、このじじいめ、目にもの見せてやる」

「ぐあああ」

「あ、あれ、このじじい強くね？」

「うあああああ」

老人は箒でバシバシと男たちを湿地へ送りかえし、決して外へは逃がさない。

「待て、待ってくれ、頼む、俺たちは家系ラーメンが食べたいだけなんだ‼」

「ぐあああ！」

最後のひとりになった。

老人は箒を高く振りかぶる。

「わかった、壱系でも構わない！」

老人の動きは止まらず、箒は振り下ろされた。

「ぐああああ――――」

神の血を求める男たちの野望はこうして打ち砕かれたのだ。
だが、たとえ一度敗れようとも、人の夢は潰《つい》えない。諦めない限り物語は終わらない。
醤油豚骨を求める男たちの戦いはまだ始まったばかりなのだ。

第一章　それぞれの年末

かけ布団《ぶとん》。それは朝の冷えた空気とおふとぅん内の空気を隔てる聖なる境界。これを失えば最後、人は凍える。そういう風にできている。ゆえに俺は目が覚めても、顔面で部屋の温度を感じ「外に出たら死人がでるぞ」とインテリジェンスな判断をするのだ。

「なんでこんな寒いんだ……？」

ホテルのフロントにクレームのひとつでも入れてやろうと思った時、俺は昨夜ミスを犯したことに気が付いた。エアコンタイマーをセットするのを忘れたのだ。あれがなければ布団からとてもとても出る気にはならない。目的が達成された今ならばなおさらだ。

幸い、リモコンがサイドテーブルに置いてあった。布団からちょっと手を伸ばせば届く距離だ。暖房、28度、風力最大、セット。これでいい。氷河期の終わり。

俺は布団を頭までかぶって、枕の下のスマホを手に取る。ＳＮＳをぼやけた頭で眺める。タイムラインに知り合いを発見。最近相互フォローになったエージェントＧさんだ。もう朝のつぶやきをしている。早起きだな。

ダンジョン。それは19世紀の終わり、あるいは20世紀の初頭だかに世界に突然姿をあらわした異次元の迷宮のこと。自然洞窟的な様相を見せるものから、豊かな森林地形、過酷な砂漠に、人工的な要塞をうかがわせるものまで、その数と種類は無数に存在すると言われている。ダンジョンにはモンスターが出現し、人類が保有する通常兵器では対処が難しく、モンスターが社会へ解き放たれれば未曽有《みぞう》の被害が出る。

探索者。ダンジョンと同時期にあらわれた祝福者たち。ダンジョンの脅威から人類を守ることができる唯一の存在。彼らをのぞいてダンジョン内で活動できる人間はおらず、彼らをのぞいてモンスターへ効果的なダメージを通せる存在もまたいない。

知識をつぶやくタイプのつぶやきか。エージェントGさんは博識である。この人のつぶやきを眺めれば、俺もきっとダンジョンのことをもっと学べるかもしれない。

「そろそろ安全圏が広がってきたか」

布団からそっと出て、俺はぐっと伸びをする。今朝は一段と冷え込みがひどいが……ああ、そういうことか。

俺は窓を見やり、氷河期の訪れがあながち間違った認識ではなかったと思った。

「どうりで寒いわけだ」

群馬クラス３ダンジョンが攻略され一夜明けた今日、真っ白な雪が群馬の地に降っていた。

「ちーちーちー」

「シマエナガさん、おはようございます」

シマエナガさんは朝から元気に俺の肩に乗って毛づくろいを始める。あまりにも可愛《かわい》らしい。こんな可愛いことが本当に許されるのか、ぜひお腹《なか》をもふもふしながら議論したい。

毎朝の習慣にしている自己デイリーコイントスと指パッチンをこなす。４分の１だけ残ったピザと怪物エナジーが散らかる机。そのうえに黒いファイルを発見する。備えつけの電子レンジで朝食用にピザを温めながら、デイリーミッションを確認する。

【デイリーミッション】毎日コツコツ頑張ろうっ！

『走れよメロス』　走る　０／１００

【継続日数】27日目【コツコツランク】ゴールド　倍率５・０倍

やった、走るだけだ。たった100kmを走るだけでクリアできるデイリー。当たりデイリーだ。しかし、待てよ。100kmって普通に厳しいのでは……？　色物系デイリーのせいで、すっかり調教されてしまっている気がするが……気のせいだと思いたい。

ランニングのため、いつもの服装で部屋をでる。100レベルになった俺の身体能力をもってすれば100kmランニングなど朝飯前なのである。

「ちーちー♪」

「シマエナガさんはちゃんとポケットに入っててくださいね。見つかっちゃだめですよ」

この可愛らしい鳥は、世に恐れられる『厄災の禽獣《きんじゅう》』。財団に見つかればきっと身体の隅々までバラバラにされて詳しく調べられてしまうことだろう。この子は俺が守護《まも》る。

「おはようございます」

部屋を出たところ、隣室のMs．センチュリーと鉢合わせした。今朝も黒いサングラスをクールにかけて、黒スーツに黒コートをピシッと着こなしている。カッコいい。

「おはよう。今日もカッコいい」

Ms．センチュリーはぼそっとつぶやく。ストレートな褒め言葉にドキッとする。あまりにも平然と言ってのけるものだから、脳みそのリアクションも一拍遅れる。

この人はなんというのかな、たぶん思ったことをすぐ口にだすタイプなのだろう。この赤木英雄《あかぎひでお》、結構、まあ、ええ、その、ほらね、イケメンの部類に足を踏み入れたといいますか、確かに廊下で美少女にいきなり褒められても不思議ではないと言いますか――――、

「サングラス、カッコいい」

サングラスの話だったみたいです。己惚《うぬぼ》れて申し訳ありません。あとで死にますね。

「ダンジョン、終わった」

今度はダンジョンの話。なんとなく雰囲気で察してたけど、もしかしなくてもダンジョン財団の人なのだろう。

「ですね、意外とはやかったです。これで皆、気持ちよく年を越せるでしょうね」

「うん。……それ。シマエナガ」

Ms．センチュリーの視線が俺の肩へ。

あれ、いつの間にシマエナガさん出てきて⁉　隠れてないとダメとあれほど！

「ち～♪」

かあいいから、まぁええか（激甘）。

「シマエナガは北海道にしか生息してない。どうしてここにいるのか不思議」

やたら詳しいMs．センチュリー。もしかして、鳥が好きなのかな。

「それはシマエナガ。なんでここに」

鼻息荒く、Ms．センチュリーは一歩詰め寄ってくる。

「……シマエナガじゃないです」

「(じーっ)」

「ち、違います、本当にシマエナガじゃないです」

嘘《うそ》はついてない。厄災の禽獣だもん。

「これはチュンさん」

言って彼女はおもむろに胸ポケットから小鳥をとりだす。安心感さえ覚える茶色い雀《すずめ》である。ふっくらしていて可愛い。ところでポケットに鳥を収納するの流行《はや》ってるのね。

「ちゅん、ちゅん」

「ち～」

「さっそく仲良くなってますね」

「うん。かわいい」

Ms．センチュリーは満足げにうなずく。やはり鳥が好きだったのか。シマエナガは珍しい鳥とのことだし、きっと愛鳥家にとってはたまらないのだろう。彼女はどこか信頼できる気がするので、シマエナガさんを愛《め》でさせてあげるのもやぶさかではない。

「どうぞ、お納めください」

Ｍｓ．センチュリーは心ゆくまで白玉をもみもみしていた。

「満足。シマエナガはいい。ふっくら」

実にご満悦そうに言った。俺もチュンさんをいっぱいもふもふもみもみできたので非常に心が満たされている。

お互いにペットを返す。あんまり触ると鳥さんたちも疲れちゃうからね。

「いい取引だった」

「そうですね。鳥だけに！」

「……」

「………鳥だけにね。はは……」

「うん」

俺は目元を覆い、くだらない戯言《たわごと》を吐いたことを後悔する。彼女は気を遣って「うん」と言ってくれたが、これは極刑でもおかしくない滑り方だ。いっそ誰か俺を殺してくれ。

それっきり沈黙が廊下を支配した。俺は知っている。俺も彼女も喋《しゃべ》るタイプの人間ではないので、話題が途切れれば必然と気まずい空気になることを。

ここは俺が切り出さないといけない。空気を殺した罪は俺にある。いまなら間に合う。

会話が途切れてまだ4秒。まだ気まずさゲージはさほどたまっていない。

「よいお年を」

よいお年を。その後になんと続くのかわからない言葉第1位。そして、年末においてはいい感じに会話を切り上げることができる魔法の言葉。

「……。よいお年を」

謎のイケメン美少女は淡白な声調でそう返してくれた。足早に歩き去ってく。

あの謎の人物についてもちょっぴり知れた。ひんやりした人だが、サングラスと鳥が好きな優しい人なんだ。もっと仲良くなれるかな……いや、美少女とお近づきになりたいとかそういうやましい思いではなくてですね。

「ちー‼」

「ああ、シマエナガさん！　や、やめてください、なんでつつくんですか！」

「ちーちーちー‼」

「わ、わかりました、謝ります、すみません、シマエナガさんのことをだしにして美少女と仲良くなろうとしてすみません！」

不機嫌になった豆大福は、びゅーんっと飛んでいく。

いかん。急いで追いかけなければ。待ってくださいシマエナガさーん！

1

【デイリーミッション】　毎日コツコツ頑張ろうっ！
『走れよメロス』　走る　100／100
本日のデイリーミッション達成っ！
【報酬】『先人の知恵B』
【継続日数】28日目【コツコツランク】ゴールド　倍率5・0倍

本日のデイリーミッション100kmのランニングを終えて、お昼になった。

寒空の下、ひとりだけフルマラソン×2本半こなして、滲《にじ》む汗でぐっしょりになると「なんで俺こんなことしてるんだろ」と思わなくもない。だが、デイリーミッション消化は探索者のマスト。深く考えるのはやめて、ただひたすらにこなせば良い。ソシャゲで同じミッションが何度も来ることに疑問を抱かないだろう。それと同じで、考える必要はないのだ。

「む。ここはダンジョンキャンプか」

たまたま近くまでやってきていた。ダンジョン終わりのダンジョンキャンプ。なんとなく気になって外から中を見てみる。

外郭と内郭、２つのエリアがあるダンジョンキャンプは、外郭エリアはほとんどフリーパスで入れるものだ。しかし、いまは明らかに入っていい雰囲気ではなかった。黒い装甲車やらトラックやらが外郭エリアに集結しているのだ。外郭エリアの入り口すらも武装した特殊部隊員のような人たちに固められているではないか。

昨晩、修羅道《しゅらどう》さんはダンジョン財団はここからが忙しいとか言っていたが、あれは言葉通りだったようだ。秘密のなにかが行われている感がすごい。

黒服がいっぱいな光景はなんだか怖い感じだ。余計なことを知り過ぎたら消されそうな感じというのかな。触らぬ神に祟《たた》りなし。さっさとホテルに帰ろう。

俺は早々にダンジョンキャンプを後にした。

ホテルへと戻って、マラソンの汗をシャワーで流して、なにをしようかと考えながら、ぽふんっと柔らかいベッドに身を投げる。

思えば「ダンジョンで一獲千金狙ってくる！」と勢いで群馬までやってきたのだった。

一応、最終目標への進捗状況は良好と判断できる。なにせ俺はブルジョワだからな。資産が800万円を超えているのだから。へへへ。

ただ、まあ、だからと言って、別にこのままどこかへ旅に出る訳でもない。

いつまでもこのホテルにいる理由もない。俺がこの地にいる理由はなくなった。

思えばこの1ヶ月ほど、毎日のようにダンジョンのことを考えてすごしてきた。寝ても覚めてもダンジョンのことばかり。大好きなことも度が過ぎるのはよくない。よい機会だ。

「帰るか」

そういうわけで実家に戻ることにした。

俺は少ない荷物を中学時代から愛用するスクールバッグに詰めて、忘れ物がないかを確認する。私服と化した『アドルフェンの聖骸布』を羽織り、サファイアのブローチをポケットにしまう。Bランクのブローチはダンジョンの外では目立つのでな。

代わりに『選ばれし者の証《あかし》』だけを胸に乗せた。今日も幸運を運んできてくれよ、ブチ。

長く過ごした部屋をあとにし、俺はホテルをチェックアウトした。

「お疲れさまでした。またのご活躍を期待しております」

フロントの女性はうやうやしくそう言って一礼してくれる。

「じゃあな、指男！　また会おうぜ！」

「お疲れさまでした」

「指男さまとまた会える日を楽しみに待っています！」

「そんな。俺なんて待つほどの価値ないですよ」

顔見知りの探索者がホテルロビーにいたので、別れの挨拶をして「よいお年を」とお互いに言い合った。仕事納めをして、職場の同僚に挨拶するのってこんな感じなのだろうか、とか俺の選ばなかった未来を漠然と想像する。

バスに揺られ駅に向かっている最中、俺はスマホの画面を穴が空くほど見つめていた。修羅道さんへなにか連絡をしたかったのである。用件なんかないが、連絡したくなったのだ。

でも、どう切り出せばよいかわからず、結局、画面を数十分睨《にら》みつけるだけに終わった。あんまりどうでもいいことでメッセージを送ってもキモイし、かといって深刻そうに「実は相談に乗ってほしいことがあって――」とか切り出しても、重いし、だるいし、何より自己嫌悪《じこけんお》で余裕で逝《い》ける。女の子にメッセージ送るの難しいな。

駅に着いて最初にすることは、お昼ごはんを食すことである。朝からハードにマラソンして疲れてしまった。疲弊した細胞には、とろ～り三種チーズ牛丼特盛温玉乗せが染《し》みるのは有名な話である。

ふと胸ポケットが騒がしくなる。もぞもぞ動いて顔をだしたのは、今のいままで寝ていらっしゃったシマエナガさんだ。美味《おい》しい匂いで起きてしまったのかな。かあいいねえ。

俺は牛丼を小皿に分けてあげて、コートの陰で、お食事をしてもらった。

そういえば、修羅道さんにシマエナガさんのことを報告するの忘れてた。いい話題が見つかったと思い、スマホを取り出す……だが、思いとどまった。

よくよく考えてみれば、修羅道さんは財団サイドの人間である。十中八九『厄災シリーズ』であろうシマエナガさんのことを教えていいのか？　バレたらまずいんじゃないか。

さっきのダンジョンキャンプにいたような恐《こわ》い特殊部隊に狙われるんじゃないか。

ダンジョン財団がどんな処罰をくだしてくるかわかったものじゃない。

やはり、このことは修羅道さんには言えない。シマエナガさんは俺が守護《まも》るのだ。

2

電車に揺られること2時間以上。

俺はついに世界の辺境・群馬県から、日本一の大都会・埼玉県へと戻ってきた。

シティボーイの俺にとって、この都会の喧騒《けんそう》と、眠らない夜の街は懐《なつ》かしさすら感じた。

「フッ、この街も変わらねえな（※1ヶ月離れただけ）」

「ちーちー♪」

家に帰ってくると、ガレージに見知った車がとまっていた。親父《おやじ》がいることを事前に悟る。

「英雄《ひでお》、ただいま帰還しました」

「あ、お兄ちゃんだ。お帰り」

玄関を開けるなり、我が愚妹——赤木琴葉《あかぎことは》が靴ひもを結んで、おおきなカバンを背負ってどこかへ行く現場に遭遇。なんとなく道を塞ぐ。

「はーい、ストップ」

「なに、出かけるんだけど」

「見ればわかるわい」

「じゃあ、どいてよ」

「だぁめだぁ。お兄ちゃん検閲の時間だぁ」

「……だる」

「愚妹よ、そんなおおきな荷物を持ってどこへ行くつもりだ。お兄ちゃんは許可を出したつもりはないぞ」

「友達のとこかな？」

邪魔くさそうにお兄ちゃんを睨みつけてくる我が妹。なぜ疑問形で答えるのか。

「泊まってくるのかね」

「うん」

「男の子のところかね」

「ううん」

「そうかね。うむ、ならば通ってヨシ」

「ははー、ありがとうございます、兄上」

俺は道を開ける。愚妹はぺこりと頭をさげ、行こうとする。男のとこへ行こうものなら赤木家全軍をもって敵を滅ぼしに動くところだった。

「ああ、そういえば」

ふと、妹はふりかえってくる。

「お兄ちゃん、群馬に行ってたんだよね。指男さまに会ったりしなかった？」

「……さま？」

「なにその反応。指男さま、知らないの？」

「……。なんだい、それは」

「なーんだ。知らないんだ。お兄ちゃんに喋《しゃべ》りかけて損したー」

「喋っただけで損失は発生しませんよ、琴葉ちゃん」

「えー、だってこれが中年の汚いおじさんだったらお金取れるんだよー？」

「お兄ちゃんのことをさりげなく中年のおじさん扱いするのやめてね。あと中年の汚いおじさんを足元に見過ぎだからね」

愚妹は「あはは」とケラケラ笑う。なにわろてんねん、こいつはァ。

ところで指男さまってなんでしょうかね。英雄、気になります。

「琴葉ちゃん、ちょっと話を聞かせてもらおうか――――」

「じゃあね、お兄ちゃん、電車に遅れちゃう！」

こうして我が妹は去っていきましたとさ。

ふむ、指男さまという文言が気になるが、琴葉が悪感情を抱いている感じはしなかった。どちらかというと憧れのアイドルの名前を呼ぶときのような煌《きら》めきを感じた。

「ふふ、指男さまの威光も広まりつつあるってわけかな」

きっと群馬で活躍した俺の名前が耳に入ったのだろうな。ふふふ。帰ってくる頃には俺の正体にたどり着き「お、お兄ちゃんがあの指男さまだったの⁉　だいちゅき！　好き好き！」という、妹デレデレイベントが発生するのだろう。ああ、待ち遠しいよ。

俺は靴を脱いで、居間へ直行、親父がこたつで黙々と漫画を読んでいる姿が視界に入る。

「ただいま」

「おう。帰ったか。探索者稼業《かぎょう》のほうは順調か」

「うん、まあね。ところで兄貴いる？　２００万返して貰《もら》いたいんだけど」

「返せるわけないだろう、あいつが。ちなみに居場所は中山《なかやま》競馬場だ」

「またかよ。あいつってどこから金作ってるんだろ」

無から借金をつくりだす。もはや、そういうスキル持ちだろ、兄貴の野郎。

競馬やる金があるなら、少しでも俺に返済しろっての。本当に腹がたってきた。

思えば俺が我慢する理由なんてなにひとつないんだ。

よし、やろう。今日こそ徹底的に詰めよう。

「制裁の時がきました」

「殺《や》るなら勝手に殺れ。俺は止めん」

「父上」

「お前が俺をそう呼ぶときはたいていろくでもない」

「兄貴の制裁にお付き合いください。父上の子ゆえ、手心は加えますが、それでももしかしたらやってしまうかもしれません」

「……わかった。制裁の監督者を務めよう。ついに、あいつもツケを払うときがきたか」

親父は面倒くさそうにしながらも、ゆっくりとこたつから這《は》い出てくれた。

3

有馬記念《ありまきねん》の行われていた中山競馬場でクズを1匹捕獲して車を走らせた。

数時間後、青森県某所、極寒の海を一望できる港にやってきた。

屈強な男たちが出港準備を進める埠頭《ふとう》には、痛いほどの冷風が吹きつけている。

「おい、冗談だよな、父ちゃん、英雄⁉」

紐《ひも》で全身ぐるぐる巻きにされ、簀巻《すま》き状態になった我が愚兄——赤木真人《まさと》は叫ぶ。

「冗談を疑いたいのは俺だよ、兄貴」

「真人、大人は責任を取るから大人なんだ。大人しく逝《い》ってこい」

「頼むから！　真面目に働くから！　お願いします！　助けてぇえ‼」

叫ぶ兄貴の後方、屈強な男たちが船の準備を進める。簀巻きの兄貴が男たちに運ばれ、船に雑に乗せられた。

「これどういう状況なんだよ⁉　ねえ、俺、どうなっちゃうの⁉」

最後までわめく兄貴。俺と親父は、遠くの海へ旅立っていく船を見送った。

俺の兄貴、赤木真人はこれから過酷な労働に挑むことになった。極寒の荒海で40日間にわたるカニ漁に従事するのである。

米国アラスカ州とロシア連邦の間にある、荒れ狂う地獄の海――ベーリング海で、カニ漁を成功させれば、消費者金融への借金、俺への借金、親父への借金、母親への借金、愚妹への借金、そのほか友人知人への借金、計1，200万円を返せるはずだ。

「俺もいつまでも守ってやれん」

「大丈夫だよ、兄貴は生命力だけはあるだろうし」

「そうだな。お母さんにカニ買って帰るか」

「いいねえ」

俺と親父はふたりで東北をめぐりながら家へ帰ることにした。

ダンジョンでの日々を語る俺の話を、親父は静かに聞いていた。

こういう時間がたまにあっても悪くはない。

4

真っ暗闇のなかを懐中電灯の光線が差している。宙に滞留した埃《ほこり》と塵《ちり》が照らされて、必要以上に空気が汚れて見える。どこか淀《よど》んだ空気の洞窟のなかを進むのは特殊部隊然とした完全武装集団と、それに護衛されている防護服に身をつつんだ者たちだ。

ここは群馬クラス３ダンジョン。すでにダンジョンボスは倒されてしまい、人類に敗北した迷宮である。

ダンジョン財団特務部特殊任務課の熟達の財団機動部隊に守られているのは、財団研究者たちである。

ダンジョンが生きているうちは、祝福を持たない通常人類が足を踏み入れることはできない。しかし、死んだ後ならば、いくばくかダンジョン内の有害性も薄まり、防護服を着さえすれば祝福のない者たちでも活動が可能になる。

「死んだダンジョンなど、いくら調べても仕方がないと思うがね」

老いたベテラン博士は長年の経験から不毛を語る。

「そうおっしゃらず。このダンジョンには『厄災シリーズ』が封印されていた可能性があるんです」

宥《なだ》めるのは若い博士だ。彼は財団のなかでも特に考古学に明るく、同時に『厄災シリーズ』と呼ばれる特大の危機に関しての造詣《ぞうけい》が深かった。

今回、処理された群馬クラス３ダンジョンは、『厄災シリーズ』が紛れて現人類の世界へ接触しようとした可能性が高いとみていた。

ゆえにこうして研究者と機動部隊を連れてダンジョンの深くまでやってきたわけである。

付き合わされている研究者のなかに、ドクターの姿がある。

（学会の準備をしなくてはいけないと言うのに、駆り出されるとはのう。成果を残せていない木っ端《こば》研究者の立場では拒否することもできないが）

ドクターは研究者のなかでは、肩身の狭い思いをしていた。彼は研究歴こそ長いが、これといって重要な成果をあげていないと周りから思われているのである。もっとも思われているだけなのだが。専門性の高すぎる研究ほど、得てして周囲からは「それなんの意味があるの？」と痛烈に批判されがちなのである。

「むむ、この穴は……」

ふと、ドクターはヘッドライトで壁を照らした。皆が足を止めた。

おおきな穴が空いていたのである。穴のサイズは数人の大人が横並びで通れるほどだ。

「この破壊痕……極めて高い温度で融解しているようだ」

「それと衝撃力。超高温と爆発が、この壁を意図的に破壊したのだろう」

研究者たちは穴を検分し、その奥に続く階段を見やった。

遥《はる》か深く続く階段であった。長い長い階段をくだり、一行が「もしやループしているのでは」とそんな不安さえ覚えはじめた頃、階段に終わりが見え、そしてその先で彼らは見た。

おおきなダンジョンボスの部屋を。そこに刻まれた激しい戦いの傷跡を。

そこら中に融解し、爆破されたようなクレーターがある。それだけじゃない。巨大な爪
跡に、なにかを引きずったような跡が無数にある。

「ここで誰かが戦ったんだ」

「だが、ここはどう見てもダンジョンボスの部屋だぞ？　このダンジョンのボス部屋は20
階にあったはずじゃあ……」

「それじゃあ、いったいここはなんだと言うんだ？」

ここに強大なるバケモノがいたことを示唆する傷跡。

それに抗《あらが》う者がいたことも痕跡からありありとわかる。

「もしかしたら20階へのショートカットの階段だったのではないか？」

「前例はないが、そういうものがあったとしてもおかしくはないな」

「いや、ここは20階より深い可能性もある。もしかしたら我々は新しいダンジョンの形態
を見ているのかもしれない」

「ダンジョンボスでなければ、資源ボスの部屋なのだろうか」

「それよりもだ、なぜこのボス部屋にいたる階段は隠匿されていたのだ。あの破壊痕を思い出せ。あれは壁の裏にあの恐ろしく長い階段があったことを示しているのだぞ」

「隠されたボス部屋……見つけることさえ困難なこの場所に何者がたどり着いたのだ？」

研究者たちは、お互いに意見をぶつけ合わせる。未知の状況に遭遇した時ほど、推理合戦が盛り上がることはない。

誰も納得のいく説明をすることはできなかった。

一番活発な、若い博士が口を開いた。

「推測でしかありませんが、もしかしたらグレード６……『厄災シリーズ』の一柱《ひとはしら》がここに降臨したのではないですか？」

「「……っ！」」

研究者たちはビクッとする。

「『厄災シリーズ』は次元の狭間《はざま》を因子状態で彷徨《さまよ》っているとされます。時と運命の約束によって、現世界に戻ってくると。ダンジョンもまた次元の狭間を漂うなかで、現世界に座礁することで起こる現象。仮説の通り、ダンジョンの座礁に便乗して、この世界に『厄災シリーズ』が上陸したとしたら？」

「可能性レベルでは考えられる。次元の狭間とこの世界を繋《つな》ぐたしかな物証は、ダンジョンという現実を超越した神秘しかないのだからな」

「ダンジョンが次元の狭間と現世界を繋いでいる。しかし、ダンジョンにとっても『厄災シリーズ』は脅威でしょう。厄災は無差別に破壊をふりまくコントロール不可能の暴力ですから。もし厄災の種がダンジョンの座礁に便乗してきたとしたら、ダンジョンが己のモンスターと構造を使って、紛れ込んでしまった厄災の種を拘束してもおかしくはない」

若い博士の活発な推理に、場に沈黙がおとずれる。

「しかし、この様子だともうここに厄災はいないと見える」

「誰かに倒されたのか？」

「厄災を倒せる探索者、ですか……このダンジョン攻略に参加していたあの男『ミスター』や『歩くファミリーレストラン』からは厄災との戦闘報告を聞いてないようですよ」

「卓越した探索者たちから報告があがっていないとすると、討伐の線は薄いな……とても下位探索者にどうこうできる存在ではないだろうし」

若い研究者は深刻な顔をして「私たちは悪夢のはじまりにいるんです」とこぼす。盛り上がってしまい、もう自分の語りが仮説ではなく、事実のように扱いだす。

「厄災はすでに解き放たれた」

「「だ、だにぃ!?」」

「ここに厄災がいたことは揺るぎない事実だ。討伐報告がない以上、すでに外の世界を闊《かっ》歩《ぽ》していることは確実です」

「なんということだ……終わりが、終わりがはじまるというのか」

「ええ、終わりがはじまるんです」

研究者たちは絶望的な表情をする。沈鬱な雰囲気だ。ただ、ドクターだけはキョトンとして「この破壊痕、指男っぽいのう」と言いたそうな顔をしていた。彼だけは知っている。指男の探索者としての稀有《けう》な才能を、卓越した戦闘能力を。

ただ、言えない。同僚たちと違って、彼はまだなんの功績も持っていない木っ端科学者だから。発言するのが恐《こわ》いのだ。

（なんかみんなもう厄災が解き放たれたみたいな雰囲気出しとるし、わざわざ手を挙げて反論するのしんどいんじゃあ）

「我々はどうやら、すでに重大なミスを犯してしまったのかもしれないな……」

「暗黒の時代がやってくる、ということか」

「すでに厄災は解き放たれた。我々にできるのは、来るべき日に備えることだけだ」

（うん、止まらねえのう）

ドクターは腕を組んで、周囲の状況を観察する。

(指男は帰ってきている。それに、実はダンジョンの終わり、指男に会った時、あいつの胸ポケットから白い鳥が抜け出してパタパタ飛んでいくの見えたんじゃよなあ)

「のう、君、ちなみにこの場所に降臨したかもしれない『厄災シリーズ』というのはどんなやつなのじゃ」

「白き凶鳥と呼ばれる最悪の存在です。かつて世界を滅ぼし、生と死の輪廻《りんね》すら自由自在に操ることができるとされ、生命の法則性すら超越したバケモノだとか」

白。鳥。そのキーワードだけがドクターの頭のなかでぐるぐる回る。

(白い鳥……なんかいたなぁ。指男の胸ポケットからヌッと抜け出しておったなぁ)

驚愕《きょうがく》の事実に気がついてしまうドクター。目元を覆い、この恐るべき事実を話すか思案する。

(仮にだ。『厄災シリーズ』を私有しているとしたらまずいじゃろうな。しかも、故意にその存在を隠蔽し、キャンプから持ち出したと知れれば……指男に明日はないじゃろう)

「ドクター、君の意見も聞きたい」

「な、なんじゃ……」

「なにを慌てている。君はこのダンジョンキャンプにいたのだろう。もしかしたら、探索者のなかに『厄災シリーズ』の降臨に関わった者がいたかもしれない。心当たりはないかね」

「……。わかりませんなぁ。わしは探索者と関係性を築いて、上手《うま》くやれるタイプではありませんから」

（指男。おぬしはわしのことを友達と呼んでくれた。こんな老いぼれを友だと。この40年、無限の研究にとらわれ、研究者として無能と蔑まれ続けたわしのことをじゃ。わしを信じ、ムゲンハイールの実験も快く引き受けてくれた。だとすれば、たとえ後に咎《とが》められようとも、友の秘め事を守ることになんの躊躇《ちゅうちょ》があるだろう）

ドクターはただ黙って信じることにした。指男は彼の友だからだ。

信じることに理屈はいらないのだ。

5

大晦日《おおみそか》。普段は静まり返る街が、今日だけは公然と騒がしい。分厚いダウンジャケットを着込んで、神社で賽銭《さいせん》箱や屋台のまえに列をなすのは、この夜の風景のひとつである。

年の終わりを思う寂しさと、非日常を楽しむワクワクした明るさとが混在する日は、寒いのに温かいと感じられる。

もっともダンジョン財団の特殊な任務に従事する者たちには、大晦日も神社のおみくじも、豚汁さえ関係はなく為《な》すべき仕事がある。

ダンジョン財団が誇るスーパーエリートエージェント――エージェントGこと餓鬼道《がきどう》もまた、大晦日を楽しむ暇のない人物のひとりである。

孤高のエージェントは愛車センチュリーのなかで、静かに雀《すずめ》のチュンさんをもみもみしつつ、温かい缶コーヒーを飲んでいた。

「チュンさん。ちょっとふっくらした」

餓鬼道は満足げにペットの冬毛をもみもみし続ける。当事者のチュンさんも満足そうに眼《め》を細めている。

年の瀬だろうとこの少女の日常は変わらない。いつだって彼女のもとには危険度の高い任務がまわってくる。なぜなら彼女はスーパーエリートエージェントだからだ。

もっとも、餓鬼道が現在就いている任務は、警戒任務であり、有事でなければ、こうして愛車のなかで可愛《かわい》い鳥をもみもみしてるだけでよい。

ぶるる。スマホが震えた。

餓鬼道は手に取り、ロック画面に表示されたメッセージと、その差出人が『父上』であることを確認する。

父上…「今年は帰ってくるのか

財団の仕事が忙しくてもたまには帰ってきてほしい」

この数年、餓鬼道は仕事の忙しさから実家に帰れていなかった。

もっとも帰りたくない理由もあった。父親のことがあまり好きではなかったのだ。

餓鬼道は生まれた時から餓鬼道だったわけではなかった。ある時から名前が変わったのだ。財団の事情で、彼女は餓鬼道に——高度に訓練されたエージェントになった。

まだ幼かった彼女が自ら志願したのではない。父の推薦である。彼女には誰の眼から見ても明らかな才能があったから、有力な研究者だった父は、才能ある娘に特別なチカラを授けた。もっとも当の本人である餓鬼道はそんなこと望んでいなかった。

父親はよかれと思って、最大の愛を与えたつもりだったが、それがふたりの絆《きずな》を徹底的に裂いてしまったのである。

父上…「あ、今年はハッピーが帰って来るぞ」

（ハッピー。妹。可愛い妹）

餓鬼道が怪しげな訓練施設で育つ間、外で自由にしてきた妹がいた。餓鬼道は彼女のことを恨むことはなく、たいそう可愛がっていた。

しかし、逆に妹からは少しだけ距離を感じる節があった。

（この前会った時は「お姉さまみたいに凄《すご》くなりたいです」って言われた）

親密ではあるが、なんか違う感。餓鬼道はもっと普通の姉妹関係を望んでいる。姉妹関係だけではない、そのほかすべて、いろいろなことがもっと普通だったら、どうなっていたのだろう……と、度々、夢想するのだ。あまりに普通じゃない人生だから望むのだ。普通を。

もっとも、叶《かな》わないことだ。時間は遡れない。人生の分岐は選びなおせない。

餓鬼道はポチポチと画面をタップして文字を打つ。

餓鬼道：「不可能」

それだけ打って、餓鬼道はそっと画面を暗くした。

暗い夜を、沈黙で見つめる。愛車センチュリーの外では、真白い雪がしんしんと夜の闇から降ってきている。フロントガラスの向こう側、15ｍほどの地点では、財団の特殊任務課の機動隊員たちが、緊張の面持ちで銃を構えている。

かじかむ指先は、恐怖と寒さに震えている。群馬クラス３ダンジョン跡地、数日前まで内郭エリアと呼ばれていた場所では、いま財団による特殊作戦が遂行されている。

危険な任務ゆえ失敗すると周囲に被害がでる可能性がある。そうなった場合、迅速に後始末をするのが餓鬼道の仕事である。

「た、隊長、気分が……」

「お前、目が赤いな。下がってろ。医療班、こいつに鎮静剤を。今回のは洗脳と喪失の二重の精神攻撃力を持ってる。絶対に無理はするなよ」

十数人の隊員が入れ替わり立ち替わり、監視するために人員配置を繰りかえす。彼らがいま挑んでいるのは、濡《ぬ》れた肉のような質感をもつどこか冒瀆《ぼうとく》的な雰囲気の蛹《さなぎ》である。

肉の蛹は見ただけで、精神に異常をきたす類いの危険な存在だ。

白衣を着た研究者たちが、肉の蛹へ近付く。いよいよ、収容の瞬間だ。

肉の蛹——死んだダンジョンの深淵《しんえん》から引きずりだされた異常物質《アノマリー》の名は『夜海の遺児』という。

この異常物質《アノマリー》は、特別収容管理法適用異常物質《アノマリー》——通称：ＳＣＣＬ適用異常物質《アノマリー》——

Special Containment Control Law Application Anomaly――であると財団は判断を下した。

ありていに言えば探索者たちのような個人ではなく、財団という組織が責任をもって管理しなくてはいけない危険な異常物質《アノマリー》ということである。

そのため財団の収容管理部は鑑定スキルによる異常物質《アノマリー》の理解と、古い文献による情報から、この異常物質《アノマリー》『夜海の遺児』のために特別収容プロセスの草案を作成し、その最初の捕獲作業を、今まさに実行に移そうとしているのである。

成功すれば『夜海の遺児』は財団の施設で慎重に管理され、その異常性《アブノーマリティ》を念入りに調査されることになる。とはいえ、収容プロセスは失敗することも十分に考えられる。

そのために圧倒的な武力で『夜海の遺児』を制圧・破壊し、大晦日の街に混乱をもたらさないで済むように、特別な戦力たる餓鬼道がいるのだ。

――コンコン

呑気《のんき》なノック音が、黒いスモークガラスをたたく。危険な異常物質《アノマリー》が収容される緊張の瞬間だというのに。

餓鬼道は窓の外を見やる。燃えるような赤髪の女が、かじかんだ手に吐息を当てて、入れてくれぇ、とでも言いたげに立っていた。

ダンジョン財団の査定課の筆頭受付嬢、修羅道《しゅらどう》であった。

白い肌は頬まで赤くなっている。とても寒そうであった。

餓鬼道はビーッと窓を開く。冷たい空気が入ってきた。

「外はとっても寒いです、助けてください、餓鬼道ちゃん！」

黙したままスモークガラスをビーッと閉める餓鬼道。

修羅道は無慈悲に見捨てられてしまった。

綺麗《きれい》な顔して情け容赦ない餓鬼道に、修羅道は泣きそうな顔をし、抗議の目線を送る。

（仕方ない）

餓鬼道はちいさくため息をつき、助手席のロックを解除してあげた。優しさ。

修羅道はぱあーっと顔を明るくすると、ササッと車内へ入ってきた。

「温かいです、こんな温かい車内にひとりだけいるなんてずるいです！　あ、しかも温かい缶コーヒーを持っていますね！　じー……‼」

修羅道は黙したまま、何を言いたいのかありありと伝わるように、実に、誠に、露骨なまでに、じーっと餓鬼道の手に持つコーヒーを見つめる。

「やだ」

明確な意思表示だった。

「アバダケダブラ！」

修羅道は死の呪文を唱えながら、餓鬼道の慎《つつ》ましい胸へチョップし、その隙にコーヒーへ手を伸ばす。

だが、餓鬼道とて只者《ただもの》ではない。機敏に反応し、缶コーヒーを渡さない。

「グリフィンドールにマイナス50点」

ぼそっとつぶやく餓鬼道。

「流石《さすが》は外海六道《がいかいろくどう》ガールズの末っ子属性。ふふ、やりますね。どうやらわたしも本気を出さなくてはその缶コーヒーを手に入れることはできないようです」

「絶対に渡さない」

缶コーヒーを絶対に飲みたい修羅道と、缶コーヒーを絶対に渡したくない餓鬼道は、激しく衝突し、車内を飛び出し大晦日の夜空を飛びまわり、群馬の大地を駆け、川を飛び越え、そうして数分にわたる追いかけっこの末に、ふたりは赤城山の峰で向かいあった。

「一体なんのつもりですか、缶コーヒー守るくらいで必死すぎます！」

餓鬼道の青い瞳はありありと「あなたも他人のコーヒーに必死すぎるのでは」と、抗議の色を浮かべていた。

「ん」

餓鬼道は缶コーヒーを逆さにしてフリフリする。中身が入っていない。

素早く動きすぎたせいで、缶コーヒーの中身が持ちこたえられなかったのである。

「気化した」

「はわわ、なんて可哀想《かわいそう》に」

「南無」

「追いかけっこしていても仕方ないですね。でも、おかげで身体《からだ》はホカホカしてきました！　寒い日は運動に限りますね。それじゃあ戻りましょう、餓鬼道ちゃん」

ふたりはダンジョンキャンプ跡まで戻ってきて、車内で腰を落ち着ける。

修羅道はどこからともなく国民的インスタント蕎麦《そば》『グリーンのたぬき』を取りだし、ひとつ、ふたつと並べた。

「缶コーヒーを殺した罪をこれで償わせてください！」

（なんで蕎麦を持ち歩いてるの、この人）

「なんで蕎麦を持ち歩いてるの、この人って顔していますね！　ふっふふ、餓鬼道ちゃんはデキる受付嬢を知りませんね。先を読むんですよ、先を」

修羅道いわくデキる受付嬢は先読みが大事とのことだった。

だからだろう。彼女がどこからともなく電気ポットを取り出し、熱湯をグリーンのたぬき2つへ注ぐことができるのは。

「デキる受付嬢はこんなこともあろうかとあらかじめお湯を沸かしたポットを持参しているものなのですよ」

「普通は冷める」

「あ、もう2分で年越しですよ！　いっしょに年越しジャンプしましょう！」

「やだ。しない」

「こうなったらお姉ちゃん本気出しちゃいます、えい！　うりゅうりゅ！　参りましたか？　まだ参りませんか？　まだまだ続けちゃいます、うりゅうりゅうりゅ――――」

「やめて」

「そんな真顔でマジレスされるなんてお姉ちゃん悲しいです！」

修羅道にうりゅうりゅされ、餓鬼道《がきどう》は実に面倒くさそうにする。

だが、鋼のような無表情も、今はどことなく柔らかくなっている。普段は餓鬼道へ踏み込んでくれる者は滅多にいない。

修羅道の不審でやかましい立ち回りは、餓鬼道にとっても満更でもないのだ。

「少しだけ」

餓鬼道は『すこしだけなら年越しジャンプに付き合ってあげてもいい』と、恥ずかしそうに、チュンさんをもみもみしながら答えた。

修羅道は嬉《うれ》しそうに笑みをうかべた。

「３、２、１！　ぴょーん！　ハッピーニューイヤー！」

結局、ふたりは車からわざわざ出て年越しジャンプをした。

すぐに「さむさむ」っと言いながら、車内にもどる。

ちょうどグリーンのたぬきが良い具合になっていた。湯気がのぼる至福の一杯。ふたりはともに「いただきます」と告げ、一緒にずるずると啜《すす》った。

「ありゃ？　わたしのたぬきにかき揚げが二つも入ってます！」

餓鬼道は素知らぬ顔で汁をすする。

だが、修羅道の眼《め》は誤魔化せない。

「あー‼　餓鬼道ちゃんのお蕎麦かき揚げ入ってないじゃないですかー‼」

「だからカロリー」

『かき揚げは油の塊、だからカロリーが高すぎる。健康に気を遣ってるから私は食べない』を簡略化してつぶやく餓鬼道。もっとも彼女はかき揚げが嫌いなだけである。

（修羅道はきっとかき揚げを私のところに入れてこようとする。そうはさせない。全力で阻止する）

「可哀想に、きっと工場で入れ忘れちゃったんですね。仕方ありません、ラッキーなことにわたしのところにふたつかき揚げ入っていたので、ひとつあげちゃいます！」

なんとも言えない面持ちになる餓鬼道。

「あれれ？　餓鬼道ちゃん、もしかして、かき揚げ嫌いでしたか？」

「………。ありがと」

餓鬼道は勇気をもってかき揚げを食べてみた。

「どうですか、お姉ちゃんのかき揚げは！」

「……おいしい」

「よかったです！　お蕎麦はかき揚げがないと寂しいですからね！」

たらふく食べてお腹《なか》いっぱい。餓鬼道はうとうとしながら椅子を緩く倒す。

(やかましい友達と騒ぐ年末。普通の大晦日《おおみそか》。こんな感じなのかな)

餓鬼道は薄れゆく意識のなかでちょっぴり温かい気持ちになっていた。

「今年もお疲れ様でした、来年もよい年にしましょう！」

「ちょっと静かに……(すやぁ)」

「あらら、もう寝ちゃいましたか。餓鬼道ちゃんはまだまだお子様ですね」

居眠りをはじめた餓鬼道を見届けて、修羅道は車の外へと。

「さて、身体も温まりました。餓鬼道ちゃんもネムネムのようです。ならば、大人でお姉ちゃんなわたしがお仕事を頑張らないとですね。ラストワード。仕事納めですよ」

修羅道はどこからともなく巨大な戦鎚《せんつい》を取り出すとまっすぐに前を見据える。

彼女の視線の先、財団職員たちをなぎ倒して逃げようとする肉の蛹《さなぎ》がいた。艶々した分厚い脂肪のような見た目をしているわりに、素早い身のこなしで逃げようとしている。

「エージェントG、頼む！　……あ、あれ？　修羅道さん、なんでここに？」

「エージェントGはお腹いっぱいです、だからここはわたしが引き受けます！」

修羅道は異常物質《アノマリー》を強制収容するために風のように駆けだした。

「待てぇ、そこのむちむちぃー‼　逃がしませんよー‼」

みんなのスーパー受付嬢は大晦日だろうと大忙しである。

第二章　それぞれの元日

新年あけましておめでとうございます。

どうもブルジョワにしてゴールド会員にしてBランク探索者の赤木英雄《あかぎひでお》です。

毎日デイリーをこなしながら、実家で年を越しました。

いやはや、実家はいいですね。無限に食べ物が出てくるもん。

こたつで親父《おやじ》と妹、俺の3人でお雑煮をすすりましょうか。

うーむ、美味《うま》い。お雑煮が美味い。流石は琴葉《ことは》のお雑煮です。

妹の手作りなのに、なんと無料です。すごいです。元日の妹は優しいですね。これが平時なら餅1個につき1，000円は取られていますよ。ええ。

いや、しかし最大のスパイスは兄貴がベーリング海で凍えていることだね。空腹なんか目じゃないほどに、憎い相手が苦しんでいると思うと食べ物が美味いよ。

「ねえ、お兄ちゃん訊《き》きたいことがあるんだけど」

親父がこたつを出た途端、琴葉は言った。やめなよ、親父が会話に混ざってこないタイミングを狙うの。これだから思春期の女子高生は。ほら、親父も振り返ってチラチラうかがってるよ。会話に混ざりたそうにしているじゃないか。

「なんだね、我が妹」

「指男さまに会えなかったんだけど」

お雑煮を妹の顔に吹きかけるところだった。咳《せ》き込みながら、お椀《わん》で琴葉の可愛《かわい》い顔が汁まみれになるのを防ぐ。

「げほ、げほ……指男さまかい？　女の子の友達の家に行ってたんじゃないのかね」

「群馬に行ってたんだよ。言ったじゃん」

お兄ちゃん、聞いてないです。

「わざわざ危険な群馬国まで行ったのに……ああ～！」

「そうかぁ。餅もう１個欲しいですな」

「１，０００円」

平常価格に戻ってますね。

「父上には５００円でしたよね、妹くん」

「お兄ちゃんは１，０００円だよ。お父さんはお小遣いくれるから割引したの」

「お兄ちゃんもお小遣いあげたでしょ。割引はないのかね」

「うーん、それじゃあ２，０００円で」

「『割って引く』と書いて『割引』だよ……」

「3，000円」

「インフレしすぎて餅買うってレベルじゃねえぞ！」

だめだ、こいつ。もう俺をお金をくれる人としか認識していない。お餅は諦めます。

「お兄ちゃん、群馬のダンジョンにいたんでしょ。指男さまに会ってないの？」

「どうして指男さまなんだい」

「指男さまはどんなモンスターも指先ひとつで倒しちゃう超すごい探索者なんだよ。お兄ちゃん、そんなことも知らないの？　おっくれってる〜」

「知ってるよ。すごいよね、指男。序盤、中盤、終盤、隙がないよね」

「さま、つけて」

「……。指男さま」

「噂《うわさ》じゃダンジョン財団が隠していた秘密兵器だって話だよ」

「ほーん」

カッコいいな、その設定。ええやん。しっかし、琴葉はまだ気が付いてないのか？　聞いてる感じ、結構、指男について調べてるみたいだけど、どっかで『赤木英雄』って名前にたどり着いてもおかしくはないと思うけどな。

「見て見て、これちょーカッコよくない？」

妹がスマホで写真を見せてくる。ハリウッド映画で主役張ってそうな外国人のイケメンが写っていた。たぶん、いっつも何かに追われてる。インポッシブルなミッションに毎回のように送り込まれてそう。トムっぽさと、クルーズっぽさを感じる顔だ。

「だれだい、このカッコいい人。彼氏かい。殺していいかい」

「これ指男さま」

「どういうことだい、妹」

「だから、指男さまの素顔」

聞き間違いじゃないらしい。

「どんなジョークじゃいっ！」

「？」

「あっ……お兄ちゃんは違うと思います。指男さまはもっと庶民的じゃないかと。そうお兄ちゃんは思うけどなぁ」

「じゃあ、こっちの人かな」

今度は日本人の画像を見せてくる。これまたイケメンの筋骨隆々で……ってこれハンバーグ後藤《ごとう》じゃねえか。Aランク探索者で著名な探索者パーティ『歩くファミリーレストラン』のリーダーだ。たしかに群馬ダンジョンにはいたけど、彼は指男ではない。

ふむ。ずいぶんと情報が錯綜《さくそう》しているようだ。デマに呑まれて俺の正体が隠されているのか？　愚妹よ、ネット社会のホラ吹きたちに踊らされているぞ。

でも、なんか面白いのでこのままでもいいだろう。

妹は最近、拝金主義者のような影が見えている。華の女子高生、遊びたい気分もわかる。

だがお兄ちゃんを蔑《ないがし》ろにするのはいただけない。

頑張って指男の正体にたどり着いた先で、それが俺だったということを知ってぜひ惚《ほ》れ直して欲しい。兄への尊敬を取り戻して欲しい。でも、こういうのって自分から正体言うのはダサい。

だから、私待つわ。相手自身に気づかせるから胸キュンが生まれるんだ。

だから、私待つわ。いつまでも待つわ。気づいてくれるまでね。

「そろそろ、着替えてこよーっと。はい、お餅いらないからあげる」

琴葉は自分のお雑煮からお餅をひとつ俺の器にくれた。

汁を飲み干し、台所に空の器を置いて、ダンダンダンッと階段を登っていった。

結局、お餅くれるのかい。今更優しくされても、お兄ちゃんの心は戻って来ないぞ、妹よ。これまで虐《しいた》げてきた分は許してやらないんだからな。

「……先にデレてきたな。これは課金しないと」

俺はダンジョンペイで5，000円だけ琴葉に送ってあげた。

妹という推しに喜んでもらえるのなら安いものだ。

1

元日。街がめでたさで飽和するなか、スーパーエリートエージェントのもとに緊急ミッションがまわってきた。

バッチリ決まっている餓鬼道《がきどう》は、パソコン画面の真ん中にでている通知をクリックした。エージェント室のエージェントマスターからの通話だ。

「やあ、明けましておめでとう、エージェントG」

「ん」

「指男を追っている君にこのような仕事をまわすのは気が引けるのだが……これはSランクミッションなのだ。任せられるエージェントがいまちょうどいなくてね。エージェント室の人材不足は深刻なのだ」

「いい。任せて欲しい」

「そう言ってくれると助かる。ところで、ひとつ気になるのだが」

「なに」

「顔が近くないかね」

エージェントマスターのパソコンには圧を感じさせるほどおおきな餓鬼道の顔が映っていた。餓鬼道は背後を振り返る。

彼女の背後には、山のように積まれた白くて丸っこい鳥のぬいぐるみがあった。素朴な顔立ちに、クリッとした黒瞳のソレは、雪の妖精と呼ばれるシマエナガのぬいぐるみだ。

先日、実物のシマエナガをもふった餓鬼道は、そのあまりの可愛さに心を打たれ、通販でシマエナガぬいぐるみを買い漁ったのである。

（ぬいぐるみはいっぱいだと嬉《うれ》しい）

餓鬼道は在庫すべてを手に入れる勢いで無限回収していた。おかげで部屋はシマエナガまみれになってしまった。

（マスターに見られるわけにはいかない）

そういう訳でまだ片付いていないシマエナガ部屋を見せまいと、緊急の策を講じたのだ。

「エージェントG、大丈夫かね」

「大丈夫。問題ない」

「いや、しかし、圧がな」

「問題ない」

「そうか……では、ブリーフィングに移るとしよう。ミッション内容は財団がマークしている要注意団体『メタル柴犬《しばいぬ》クラブ』の極秘調査だ。このところ姿の見えない彼らの足取りがつかめた。埼玉県のある辺境にやつらの潜伏するアジトがあると考えられている。近くのショッピングモールでこの危険な団体の構成員と思われる男の目撃情報があったのだ」

「その組織は5年も行方をくらましていたはず」

「そうだ。だが、やつらとて人間だ。必ず生活をするうえで社会に姿をあらわす。足取りを5年も消していただけで表彰ものだ」

「潰す」

餓鬼道は『その組織を潰すために私が派遣されるの？』とたずねる。

エージェントマスターは『流石《さすが》はエージェントG。危険な犯罪者集団である要注意団体には一切の慈悲をかけないか』と彼女の意欲を推し量る。

「そうだ、可能であれば潰したい。目撃されたのは『メタル柴犬クラブ』構成員の鋼山《はがねやま》鉄郎《てつろう》だ。B級賞金首の崩壊論者に指定されてる。ケツ顎が特徴の男だ。鋼山はラーメンの具材を買い込んでいったとのことだ」

「ケツ顎の男がラーメンを？　怪しい」

「その通り。怪しすぎる。まさか家系ラーメンを自分の手で再現することに凝っているわけでもあるまい。ケツ顎なのに。これは重大なテロリズム、それに続くカタストロフィの前兆だ。ゆえにエージェントG、君には迅速に当該エリアへ向かい、『メタル柴犬クラブ』のアジトを調査、可能ならばボコボコにして欲しい」

エージェントマスターはぐっと拳を握り、机に叩《たた》きつけた。

餓鬼道は了解といい、Sランク任務を受けた。元日であろうと、スーパーエリートエージェントは稼働《かどう》するのである。

「では、健闘を祈る」

「ん」

明らかに通話を切る感じ。餓鬼道はうっかり腰をあげてしまう。

「ああ、そういえば、ひとつ訊《き》き忘れていたのだが……ん？　その部屋、どうなってるんだ」

エージェントマスターは画面に映った大量のシマエナガぬいぐるみに、困惑した声を漏らした。

餓鬼道は内心で「しまった」と思いながら、なにか言葉を繋《つな》がないといけない焦燥感に駆られ、適当に口を開いた。

「私の部屋じゃない……」

子供じみた言い訳をぼそっとつぶやく。動揺のせいでそんなことしか言えなかった。

「そういうことか……流石はエージェントG」

エージェントマスターの明晰《めいせき》な推理力をもってすれば、状況から餓鬼道がなにをしているのかを読み取ることなど造作もないことだった。

「指男の追跡の合間に悪質なシマエナガ転売業者を処して世界の平和を守っていたというのか。流石だ。この鮮やかな手際《てぎわ》。やはりスーパーエリートエージェントだな」

「そう」

流れるように便乗してピンチを逃れる餓鬼道。

スーパーエリートエージェントの評価は今日も上がっていく。

2

ダンジョンに行かなくてもデイリーは毎日こなす。

なぜかって。それはデイリーだから。それ以上でも、それ以下でもない。

美味《おい》しくお雑煮を食べた俺は、自室でコインを指の背でくるくるまわしながら、本日も配達員が部屋に届けてくれた黒いファイルを手に取る。

【デイリーミッション】毎日コツコツ頑張ろうっ！
『ショーシャンクの壁に』　壁に金鎚《かなづち》で穴を空けてくる　０／10
【継続日数】34日目【コツコツランク】ゴールド　倍率５・０倍

どういうデイリーなんです。まったく理解できない。

でも、難しくはなさそう。さて、穴をぶち空けても大丈夫そうな壁を探そうか。

「お兄ちゃん、もう出るよー」

階段下から琴葉《ことは》の声が聞こえてくる。

出るよってなんだ。どこかに出かけるのか。

ん、待てよ。思い出した。今日は元日じゃないか。

祖父母の家に行かねばならないのだった。

「しまった……あーどうしよ、支度してない」

「ちーちーちー」

シマエナガさんが白いシャツを足で持ち上げて目線の高さでホバリングしている。

「シマエナガさん、身支度手伝ってくれるんです？」

「ちーちー」

なんていい子なんだ。もふもふで白くてかあいいだけじゃなくて、お利口さんだなんて。

俺は急いで服を着替え、寝癖を適当に直し、コートを羽織る。

「ん？」

「ちーちーちー」

シマエナガさんが焦げ茶色のコートを足で摑《つか》んで持ち上げている。ダンジョンでの日々で愛用していた『アドルフェンの聖骸布』である。

でも、流石に祖父母の家にまで『アドルフェンの聖骸布』を着ていくのは変な気がする。なんというのかな。学校の制服を着ていくような感覚というか、リラックスできる空間なのに、キッチリし過ぎというか。

シマエナガさんには「ありがとうございます」と言っておいて、受け取るなり、ハンガーにかけてしまう。代わりの服を選ぼう。

「ちーちーちー！」

「ん？　シマエナガさん、また『アドルフェンの聖骸布』を……それは着ませんよ」

「ちーちー！」

「え？　そんな執拗《しつよう》に……ちゃんとクローゼットにしまってください！」

「ちーちーちーッ！」

「超推してきますね、その装備……それ着ていったほうがいいんですか？」

「ちーちー」

「ブチも？　サファイアのブローチも？　『蒼《あお》い血』も？　え、全部もっていったほうがいい？　ダンジョン探索者は常在戦場だとでも？」

シマエナガさんが部屋中のダンジョン装備を摑んで、ポイポイッと俺に渡してくる。

祖父母の家に行くだけなのに、フル装備というのもな。

ふと、スマホの画面にメッセージが届く。差出人は修羅道《しゅらどう》さんだ。もうかあいい。通知音がすでにかあいい気がする。あれ、俺のスマホかあいくなっちゃった？

修羅道：「新年明けましておめでとうございます
　　　　修羅道です　今年も一年よろしくお願いします」

修羅道さん、あけおめです。

こんなしがない赤木《あかぎ》にわざわざ個人メッセージをいただけるんですか？
知り合ってちょっとしか経《た》ってない俺に？
それもわざわざ個チャでくれるなんて。
嬉しすぎるので、叫んでいいですか。パルキアみたいに。
でも、なんだろう。ちょっと雰囲気が違う。
修羅道さんってメッセージ上だとこういう硬い感じなんだ。しっかりしてるんだな。

修羅道：「世間はすっかり気の抜けたお正月ムードです
　しかし、探索者はダンジョンとの邂逅《かいこう》に備えなくてはいけません
　ダンジョンに対抗できるのは探索者だけなのです
　日頃の心掛けが、ダンジョンの早期発見に繋《つな》がります
　ダンジョン財団の使命のためご協力をお願い申し上げます」

あっ（察し）。
これ探索者みんなに送信してるタイプのメッセージの文面だ。
俺だけに特別に送ってきてくれたと思ってたんだけどね。うっわ、浮かれてる俺キモく

ね。ちょっと優しくしてもらっただけで、もう彼氏面してんじゃん。死にたい。

修羅道：「ダンジョンとの出会いはふとした時に潜んでいるものです
　準備を怠ってはいけませんよ、赤木さん」

あれ？　ん？　俺を名指し……？　みんなに送ってる文章のハズなのに？

修羅道：「実はこれは赤木さんだけに送ってます
　びっくりしましたか？」

弄ばれていた。俺の心理操作するの上手すぎませんか。でも、嬉《うれ》しいなぁ（ニチャア）。

「お兄ちゃんッ！　さっきからずっと呼んでるのになんで降りてこないの！　もう行くって言ってるじゃん！　うわっ……スマホ見てニチャニチャしてる、きも」

目元に影を落とし最大の罵倒をしてくる琴葉。おお、効くねぇ。

「こ、こら、勝手に開けるんじゃあない！　がるるるる！」

威嚇して琴葉を追い出し、すぐに身支度に戻る。

ダンジョンとの出会いはどこにでも潜んでいる。修羅道さんのお言葉だ。

シマエナガさんの激推しもあるし、いつもどおりフル装備で気張っていこうか。

「ちーちーちー」

俺は装備を整え、最後にシマエナガさんを胸ポケットに突っ込み、階段を駆け下りた。

なお修羅道さんへの返信は「あけましておめでとうございます」だけに留《とど》めておくことにした。なにか面白い返信ができればよかったのだが、嬉しさのせいで冷静ではなくなってしまった我が頭脳では、ウィットに富んだ返信が出てこなかったのである。

傷をつくるくらいなら何もしないのが、俺が22年の人生経験から学んだことだ。面白いこと言えないなら黙っているほうがよほどいい。

3

スーパー受付嬢は元日でさえ忙しい。

朝から燃えるような赤いポニーテールを右へ左へ振り乱し、せわしなくダンジョン財団JPN本部を駆けまわるのには理由がある。

ダンジョン財団ジャンピング餅つき大会の司会に、お正月大空中モグラ叩き大会の運営、にゃんにゃん仮装大賞の審査員まで受け持ってしまっているせいである。

今日一日がとても忙しいものになること間違いなしだった。

しかし、仕事がたくさんあるのにどれも手につかない。というのも、彼女は朝からスマホを手にして、赤木英雄《ひでお》へなんとメッセージを送ろうか迷っていたからだ。

「むむ、どうしたものか。赤木さんからあけおめメッセージがくる気配がないです。こうなればこちらから仕掛けねば何もないままお正月が終わってしまいます！」

一大事であった。修羅道はどうしても赤木英雄へ「あけおめ」したかったのである。

修羅道はモグラ叩《たた》き大会の為《ため》のダンジョンモグラを運びながら、スマホを片手に赤木英雄へようやく練りだしたあけおめメッセージを送信した。

すぐに既読がついたので、すこしからかってやろうといたずら心が湧いた。

その末にひとつだけ返信がかえってきた。

赤木英雄：「あけましておめでとうございます」

「ぴゅあ」

修羅道は情けない声をだして、モグラのケージを押す手を止めてしまった。

赤木英雄の返信はとても簡素なもので、修羅道側のテンションと比べれば、氷のように冷めていたのである。

(たった一文⁉　それも「あけましておめでとうございます」と、すべて平仮名で打っていると言うことは、面倒だとか思われているということ⁉　むむ、わたしの心を惑わし、波風を立ててくるなんて、赤木さんのくせに生意気です……‼)

修羅道は心穏やかではなかった。あくまで自分優位だと思っていた想《おも》い人がまさか、自分のことを厄介がっているなんて思いもしなかったのだ。

(どこかで嫌われるようなことをしてしまったんでしょうか……うぅ、気になる、どういう意味なんですか、この『あけましておめでとうございます』は‼)

「……。どうしたんです、修羅道さん、大丈夫ですか、いきなり崩れ落ちて」

いっしょにモグラのケージを運んでいた同僚のイ・ジウは、心配そうに首をかしげる。

修羅道はガバッと顔をあげ「こうしてはいられません」と言ってたちあがる。

「赤木さんが生意気なんですっ！」

「……。例の赤木さん、ですか。どうしたのですか、喧嘩《けんか》でもしたんですか」

「心を揺さぶってくるんです。赤木さんなんて、非モテ男子の筆頭みたいな人なのに！」

「……。その赤木さんのこと嫌いなんですか」

「それは教えられません！　でも、とりあえず今すぐに面と向かって何か言ってやらないと、わたしの溜飲《りゅういん》がさがりません！」

　修羅道はこほんっと誤魔化すように咳払《せきばら》いをする。

　ジウは内心で「……。どう見ても会いたいだけですね。ありがとうございました」と、若者の色恋沙汰を両手をあわせて拝む。

「ジウちゃん、ダンジョン財団ジャンピング餅つき大会の司会や、お正月大空中モグラ叩き大会の運営、にゃんにゃん仮装大賞の審査員なんかやってる場合じゃないです。わたしはいかないといけません、埼玉に！」

「……。埼玉に彼がいるんですか。しかし、どうして居場所がわかるんですか」

「ふっふっふ、位置情報共有アプリですよ。以前、赤木さんにダンジョン経済圏を仕込んでいる時についでにいれておいたのです！」

　修羅道は我が意を得たりと、スマホをふりふりする。したり顔である。

「……。やってること微妙にホラーですが……しかし、修羅道さんがいなくなったら大変ですよ。どの企画もまわらなくなってしまいます」

「ふーむ、悩みどころですね。いいでしょう、秘密の作戦があります」

　修羅道はその後、ダンジョン財団ジャンピング餅つき大会の司会を見事にこなし、お昼になった。次の企画までいくばくかの休憩時間がある。

ジウは修羅道が言っていた「秘密の作戦」が気になっていた。

「……。修羅道さん、秘密の作戦とは」

「跳んで埼玉作戦です」

「……。文脈を追っててもどういう意味かわかりませんが」

修羅道とジウは屋外に移動してくる。

よく晴れた冬空の下、修羅道はスマホで地図アプリを開いて、空と画面を交互に見やる。

「よし！　測量完了！　それじゃあ、お正月大空中モグラ叩き大会までには戻ります！」

修羅道はそう言って、腰を軽く落とし——跳躍した。地面を砕くほどの脚力で。あっと言う間に空の彼方《かなた》へ跳んで行ってしまい、姿が見えなくなる。

「……。跳んで埼玉作戦。そのままでしたね」

ジウはぼそっとつぶやき、お昼ごはんのために買ってきた鮭《さけ》おにぎりをもぐもぐと食べはじめた。

4

繁栄の息吹《いぶき》が満ちる偉大なる埼玉県、その辺境に赤木家のルーツはある。

赤木という家名は父方の姓であり、父いわく赤木家はかつて高名な武家であったとか。

2時間も車に揺られ山間《やまあい》の町にやってくると、小高い丘上に立派な屋敷《やしき》が見えてくる。

丘上にたどり着いた。古風な門構えの表札には『赤木』と刻まれている。

「おじいちゃん家《ち》って無駄に立派だよね」

琴葉《ことは》はスマホ片手に、イヤホンしたまま門をくぐる。敬いが足りん。

「二礼、二拍手、一礼」

「お兄ちゃん、それ神社の参拝のやつだよ」

「こういうのは気持ちが大事なんだ。覚えておきなさい」

「お兄ちゃん、すごいあほじゃん」

「英雄、お前の負けだ」

「琴葉、お兄ちゃんみたいに間違いを認められない大人になっちゃだめよ」

家族からの総攻撃。妹、父、母、揃《そろ》い踏みです。わかりました、俺の負けでいいです。

「よく来たな、お前たち。あがれい」

「まあ、遠路はるばるご苦労様ですね、さああがってください」

祖父と祖母が玄関で待ってくれていた。父と母は土産の品としてカニを渡し、祖母は

「まあ、ありがとう」と受け取る。親戚であろうと、礼や作法はあるのだな、と思い出す瞬間。大人どうしのやり取り。こういう場面を見るとなんだか懐《なつ》かしい気持ちになる。

大人たちがあれやこれや歓談するなか、俺と琴葉はスマホをいじらないようにして、ちょこんと端に寄る。10年前だったら玄関前にある立派な松に登って遊んでたし、5年前だったらきっとスマホをいじる手を止めない。

そう思えば、俺もずいぶん大人になったものだ。正月の親戚への挨拶というのは、そうした時の流れのようなものを感じるところがある。きっとこの古びた屋敷が、いまも昔もあまりに変わらずに存在し続けているものだから、時間を測る物差しの役割を果たしているのだろう。1年に一度、俺たちは測るのだ。自分がどう変わったのか、どう進化したのかを。

玄関前でそんな益体もないことを思っていると、挨拶もほどほどに、家にあがり広大な居間に通される。

「出前を頼んだ。ピザに寿司《すし》にチキンに寿司じゃ」

寿司がふたつあった気がする。おじいちゃんの認知症が心配です。

「だが、まだしばらく時間がかかるからな。好きに過ごしてくれい」

赤木《あかぎ》家のお正月はルーティンが決まっている。家に到着し、ちょっとお話、自由時間、出前到着、食事して団欒《だんらん》、そのあとはトランプ大会である。

このルーティンのなか、なぜか毎年のように段取りが悪いのが「自由時間」の項目だ。いつもお昼過ぎには実家に到着するのに、ごはんを食べるのは夕方を過ぎるものだから、なんだかんだ待機時間があるのである。

実家でゆっくりしてくれ、という意味合いが込められているのか、あるいは作法的にゆとりをもって到着することが良いとされているのかはわからない。

とにかく、俺や琴葉、例年なら兄貴の真人《まさと》は、暇な時間を過ごすことになる。まあ兄貴に関してはいつも決まっておじいちゃんの剣道に付き合わされてたので暇ではなさそうだったが。

「若い子たちはショッピングモールにでも行ってきたらどうかしら」

「ショッピングモール？　そんなのできたの？」

「近くにね。いろんなお店があって楽しいのよ」

何年も繰り返されてきたお正月ムーヴのなかで新しいイベントが発生した。この辺境の地にショッピングモールができたとはな。

今年の自由時間はショッピングモールで過ごすことになりそうだ。

第三章　パイオニーウォーク騒動

我々は謎の施設『パイオニーウォーク』へとやってきた。立体駐車場を備えた5階からなる要塞のごとき威容は、見る者を圧倒する。近隣住民にとって親の顔よりも見ることを強要されるデカい看板は、真新しい塗装で、時間による風化を感じさせない。こういう看板はえてして色褪《いろあ》せて、文字の下部あたりから茶色い鉄さびが溶けだしたような痕跡がついていて、大変グロテスクな様相を醸《かも》し出すものだが、パイオニーウォークの看板がその段階にたどり着くには今しばらく時の経過を要するのだろう。

「お兄ちゃん、エスコートして！」

琴葉はぴょんっと可愛《かわい》らしく跳ねて俺の手を握ってきた。あざとい。こんなあざとい妹は一体いつぶりだろうか。ついに兄への尊敬と愛が戻ってきたと言うのか。

「琴葉よ、お兄ちゃんは嬉《うれ》しいぞ」

「5，000円分はデレないとね。こっちも仕事なんで」

今朝の課金した分、デレてるだけだった。やっぱつれえわ。

「別にお前の好きなところ行っていいぞ。俺は特に行きたいところとかねえし。しいて言うなら穴をぶち空けられる壁を探してはいるが」

本日のデイリーミッションは『ショーシャンクの壁に』。穴をぶち空けても誰にも怒られない壁って意外となくて困っているところなんだ。

「お兄ちゃん、そういうところがダメなんだよ」

「なにがだね」

「お兄ちゃんってモテないよねえ。顔は悪くないのに、そのほかすべてが厳しい」

「どうして苛烈な罵倒をされてるんだ。5，000円分はデレるのではなかったのかよ」

「それはそれ、これはこれ。いまは兄の将来を憂う妹として接してるんだよ」

「俺の将来を憂うだって？　知らんようだが、この赤木英雄《ひでお》は実は金持ちでな。800万円ほどの大金をもっているのだ。将来は太陽のごとく輝いているのが見えないか」

「でも、お兄ちゃん童貞じゃん。彼女いない歴＝年齢だし」

なんて強烈なワンツーコンビネーションだ。

俺は膝をついて、口元を拭い、妹を見上げる。

「どこでその情報を……国家機密級の情報だというのに」

「大学からすぐ帰ってくるし、休日も出かけないでずっと部屋にいるし、オシャレとは程遠いファッションセンスだし、カバンは中学時代のスクールバッグまだ使ってるし、髪を切りに行くのは3ヶ月に1回だし、もういろいろ察せられる部分しかないよ」

「大学からすぐ帰ってくるのは経済的と言え。余計な金を使わないことは夫として加点評価される素質だろうが。休日出かけないのも家族と一緒にすごすという意味で見れば、夫として加点要素だ。オシャレに金をかけない守銭奴なのも夫として家族に金を使えるという意味だし、スクールバッグを使い続けるのは江戸時代、庶民が穴の空いた鍋をよろず屋で修理して使ったエコ精神の表れに他ならない！　そして、髪を切りに行くスパンが長いのも経済的でこれまた夫として見れば加点――」

「夫として考えれば、お兄ちゃんは優良物件だった……？」

「ようやくわかってくれたか、愚妹よ」

「って、なるかーい！　自分に都合のいいように解釈しすぎだって！」

琴葉はキリッとした顔で「チェストーっ‼」と俺の胸へチョップを叩《たた》きこんでくる。薩《さつ》摩《ま》藩士の血をうずかせてしまったか。

「はぁ、もうだめだ。赤木家の系譜を繋ぐのは私しかいないんだ」

「遠回しにお兄ちゃんに一生パートナーができないことを揶揄《やゆ》しないの」

「だって事実じゃん……自ら行動できず、そうやって自分を正当化してるだけじゃ、とてもとても人付き合いなんて」

「なにを。俺は芯を貫いてるだけだっての」

人間、変わろうとして変えられる部分にさほどの価値はない。むしろ変わらないことこそが最も価値がある。変わらなければ変わらないほど、そこに真実性が宿るからだ。変わらないことは真実の強さなのだ。

「お兄ちゃん、好きな人いないの？」

「いないな」

パイオニーウォークを練り歩きながら、妹は俺のあれこれを詮索しはじめた。

「俺はいままで人間を好きになったことがない。そもそも、人間とは不完全な生き物の別名なんだ。俺はそんな不完全な生き物を好きになるはずがない」

「お兄ちゃんのだるい設定はじまったぁ」

設定とか言うな。恥ずかしくなるだろ。

俺が顔を手で覆って「下等な人間なぞ――」と演説を続けようとしたところ、琴葉はまったく興味なさそうにプイッと顔を背け、あらぬ方向へ視線を投げる。

「ん、あの人、なんだかすごいオーラない？」

琴葉の視線のさき、フードコートの一角に黒服の少女がいる。コーヒーを片手に、周囲へ警戒するように視線を泳がせる。サングラスをかけ漆黒のコートを纏《まと》っている、このままマトリックスに出演できる風貌の彼女……あれ？　あの人は。

「わあ、カッコいい……モデルさんなのかな？　絶対、有名人だよね？」

琴葉は頰を薄く染め、俺の袖をぐいぐい引っ張ってくる。

ふと、こちらを向いた。じーっと見てくる。

目があってしまった。俺は昔から学校以外で同級生にあっても気が付かないフリをする主義の人間だったから、スルーしようかとも思ったが……目があってしまった以上、スルーはもうできない。

いや、別に俺もあの人のこと嫌いとかじゃないんだけどさ。

「ちょっと、お兄ちゃんなにしてるの、ダメだよお兄ちゃんみたいなのが近寄っちゃ！」

琴葉に袖を引っ張られ止められるが、俺は構わずサングラスの彼女――Ｍｓ．センチュリーへ声をかけた。ところでお兄ちゃんみたいなのって言った。聞き逃してないよ。

「奇遇ですね、こんなところで会うなんて」

「うん。すごく奇遇」

普段の俺ならここで会話終了だが、今回は次に放つ言葉をすでに考えている。

「明けましておめでとうございます」

Ｍｓ．センチュリーはびっくりした風に目を丸くする。

彼女は腕を組み、思案げな顔をしたのち口を開いた。

「……今年もよろしく」

飛んだな。途中の会話がキングクリムゾンで時間ごと消し飛ばされてる。

「えっと、もしかして元日に帰郷してるとかですか？　実家がこの辺にあるとか」

「違う。今日も仕事。たぶん明日も仕事」

俺みたいに暇を持て余した正月ではなかったか。

「シマエナガ、わくわく」

どうやらシマエナガさんを触りたいご様子。俺とMs．センチュリーは鳥を交換こして、再び愛《め》でることにした。チュンさんもシマエナガさんに負けず劣らず、ふっくらもちもちしていた。雀《すずめ》さんってこんな可愛いのね。

「お、お兄ちゃん……この方と友達だったの……？」

唖然《あぜん》とする琴葉《ことは》は信じられないものを見る目をしていた。

友達かどうかの判定は難しいところだ。そもそも友達という定義は人によって違う。俺が勝手に友達認定することによってMs．センチュリーに不快な思いをして欲しくない。

ゆえに俺はこう答えよう。知り合いであると。無難で安全な回答だろう。

「いや、Ms．センチュリーはただの知り合――――」

「友達……」

Ｍｓ．センチュリーはぼそっとつぶやく。

「そう、私たちは普通に友達」

彼女はキリッとした顔で確信的に告げた。

あれえ、思ったより親密に扱ってもらえてた？　Ｍｓ．センチュリーのほうから友達認定してくれるのならば、俺からわざわざ知り合い認定に訂正する理由はない。

「今日はＭｒ．サングラスじゃない」

「え？　あぁ、持ってきてますよ」

『迷宮の攻略家』を取りだしてつけ、クイッと指の腹でサングラスを押しあげる。

「友達感」

どこか喜色のこもった声でＭｓ．センチュリーはそう言うと、俺の首に手をまわしてきて、肩を組んできた。部活の先輩が後輩をふざけて締める時みたいなアクションだな。わりと俺が腰を曲げなくてはいけないので地味につらい姿勢だ。

これがＭｓ．センチュリーの考える友達感ということだろうか。

ところで、ちょっと柔らかい感触が俺の肩にあたっていてですね。こう慎《つつ》ましい感じなんですけど、丸みを感じられるくらいには体積がありまして、それがふにゃんって感じに形状を変化させていて、これが本当のパイオニーウォークってか、馬鹿野郎、そんなこと言ってる場合じゃねえ。これはその、あの、別に俺は悪くないですよね？　いや、でも、しかし淑女の柔らかさをこっそり堪能《たんのう》することに正義はないのでは？

俺は俺のなかにいる全俺を招集し、緊急議論を開始する。

有罪か無罪か、神か悪魔か、天国か地獄か。

「だあああ‼　こらああー‼」

突き刺すような声が俺の右耳から入り、左耳へと抜けていく。

いきなりの声に俺も琴葉もビクッとして視線をやる。Ms.センチュリーものそっと顔を動かす。

燃えるような赤髪がポニーテールに束ねられ揺れていた。紅《あか》い眼《め》は無二の色彩を持ち、恒星のような輝きを秘め、凛々《りり》しくこちらを睨《にら》みながらスタタターッと駆けよってくる。

「わあ、また美人が増えた……⁉」

「修羅道《しゅらどう》さん、どうしてここに」

「え？　またお兄ちゃんの友達⁉」

琴葉は二重の意味でびっくりしているようだ。境遇を知らなければ、たしかになんで俺と修羅道さんみたいな完璧超人美女が知り合いになれるのか意味不明である。

修羅道さんはすぐそばまで来ると、スカートのしたに手を滑りこませ、巨大なハンマーを取りだした。出たな、便利な四次元スカート。――――って、待って、振りかぶって俺のことを潰そうとしてくるんですが。

「ちょ、ま、ひやあああ！」

「こんな公衆の面前でなんて不純な‼　離れてください、許せませんっ‼」

「ちーちーちー‼」

修羅道さんはしゃあー‼　っと威嚇しながら、いまにもハンマーを振り下ろそうとし、なぜかシマエナガさんまで興奮しだして、俺の頬をずしずしつついてくる。

なにこれなにこれ、どういう状況。

とにかくシマエナガさんはバレたらまずいので、握ってポケットに押し込んだ。

そして、すぐにMs．センチュリーからも離れる。さらば柔らかさ。

「ようやく離れましたね！　わたしの眼力は本物です、赤木《あかぎ》さんがこっそりちゃっかりしているのもお見通しなのですっ！　がるるる！　なんて不純な！」

ひえ、バレテーラ。流石《さすが》は修羅道さん、この人にはなんでも丸わかりだ。

「違うんです、修羅道さん！　いまのは事故だったんです！　あと5秒あれば全俺の緊急会議で決議されて、離れるところだったんですってば！」

「言い訳ならあとで聞きます！　でも、これからはえっち赤木と呼ばれる覚悟の準備をしておいてください！」

えっち赤木。

「餓鬼道《がきどう》ちゃんもです、なんでこんなところにいるんですか‼　さらには不純異性交遊にまで及ぶとはお姉ちゃん許せませんっ！　昨日のグリーンのたぬき返してくださいっ！」

餓鬼道？　Ｍｓ．センチュリーの名前だろうか？　修羅道さんと似てるな。

「私と赤木は友達だから」

Ｍｓ．センチュリーこと餓鬼道さんは無表情のまま述べる。

それを受け、烈火のごとくまくし立てていた修羅道さんは、スンッと冷や水を掛けられたように勢いを鎮静化されてしまう。

「赤木さん、もしかして餓鬼道ちゃんと友達になってくれたんですか？」

修羅道さんはポカンとした顔でたずねてきた。

「友達……ですね」

餓鬼道さんのほうからそう言ってくれたのだし、俺もそう言うのが筋だ。

「う、うぅ、お姉ちゃん嬉《うれ》しいです、餓鬼道ちゃんについに友達が……っ、ぐすん」

理由はわからないが、修羅道さんはぽろぽろと大粒の涙をこぼしはじめてしまう。

「お兄ちゃん、ごめんね」

琴葉は俺の袖をひっぱり、ちいさな声で耳打ちしてきた。

「お兄ちゃんのこと見くびってた……こんなチャンス逃しちゃだめだよ。じゃあね、お兄ちゃんはここに置いていくね。私はショッピングモール適当に見て回って帰るから気にしないでいいよ」

琴葉はそう言って、手を振って離れようとする。

「む。やつは鋼山鉄郎《はがねやまてつろう》」

ふと、餓鬼道さんは遠くを見ながら、キリッとし「さらば」と言って、肩で風を切っていってしまう。

妹は変に気を利《き》かせて去り、餓鬼道さんもいきなり目的を見つけたかのように行ってしまって、あとに残されたのは俺と修羅道さんだけ。

「赤木さんのくせに本当に生意気です」

まずい。このままでは柔らかさを堪能していた件について追及されてしまう。

「きゃあ！」

追い詰められた俺のもとに、まるで救世主のように悲鳴が轟《とどろ》いてきた。俺と修羅道さんはバッと声の方へふりかえる。

お店の並ぶ清潔感のある通路、そのまんなかに人が倒れていたのだ。彫りの深い見事なケツ顎の男で、白目を剝《む》いて、完全に意識を失っている。

すぐ傍《そば》には握り拳をつくった餓鬼道さんの姿がある。

それを見たショッピングモールの客が悲鳴をあげたようだ。

「餓鬼道ちゃん、なにしてるんですか‼」

「この場で無力化した」

「見ればわかります。あとたぶん『任務のターゲットだったから尾行しようとしたけど、うっかり気づかれたから、抵抗されて周囲へ被害が出るまえに、この場で無力化した』って言いたいんですよね。お姉ちゃんにはわかるけど、普通の人には伝わらないからちゃんと喋《しゃべ》らないとだめだっていつも言ってるじゃないですか！」

よくわからんが何やら事情があったようだ。

「ん？」

通路に倒れている男性、その胸のあたりに黒い球体が浮かんでいた。

すべての光を飲みこむような、まったく光沢のない黒色のなかの黒色をしている。

それが何かはとても俺には理解できなかったが、およそ邪悪なものに違いないと直感で察した。だから、叫んだ。

「ふたりとも！」

俺が声を発した瞬間、修羅道さんと餓鬼道さんはその場をバッとおおきく飛び退《の》いた。

黒い球体は爆発的に体積を増加させ、倒れている男ごとあたり数メートルを飲みこんだ。

黒球体にパキパキッと亀裂が広がり、パリンッと硝子《ガラス》のように砕けた。

通路のまんなか、さっきまで男が倒れていたところに黒いおおきな門が出現していた。

金属か石材で構成されたその黒い門は、俺たちダンジョン界隈《かいわい》のものにはなじみ深い。

「ダンジョンゲート……だと」

俺が群馬で毎日のように目にしていたダンジョンゲート。武装した兵士たちに厳重に見張られ、探索者たちがそのなかへ挑んでいく、神秘の迷宮と現実の境界。

それが俺たちの目の前に突然現れた。

ゲートがギギギッと音を立てて崩壊する。開いたのではない。崩れたのだ。

溢《あふ》れ出してくる無数の影。大小さまざまなサイズがあるそいつらは、いわゆる柴犬《しばいぬ》にとてもよく似た見た目をしている。

だが、俺にはわかる。あれはただの柴犬ではない。

「ダンジョン柴犬だ！」

「わんわん‼」

溢れ出したダンジョン柴犬たちが周囲へ散っていき、ショッピングモールの客に店員に襲い掛かった。

「餓鬼道ちゃん、外に出た柴犬は任せます。有事です。わたしは直接乗り込んでダンジョンを殺してきます」

修羅道さんがわずかに腰を落とし……直後、その姿が掻《か》き消えた。

「赤木、一緒に守ろう。友達感」

餓鬼道さんは、おもむろに拳銃を取りだし、歩きながら発砲、ダンジョン柴犬たちを撃ち倒して、どんどん光の粒子に変えていく。

「ちーちーちー‼」

「騒がないでください、シマエナガさん」

ポケットのシマエナガさんがやたら興奮している。でも、いま外に出たら柴犬にパクッとされかねない。ポケットをうえから押さえて絶対に外に出さないようにする。

「こ、来ないでよ！」

琴葉《ことは》の声が聞こえた。ショッピングモールの2階。ダンジョン柴犬に追い詰められている。

俺は咄嗟《とっさ》に跳躍し、2階の手すりを飛び越えて、琴葉の肩を抱き寄せた。近づいてきたダンジョン柴犬を足で蹴り飛ばし、距離を取る。そして指を鳴らした。

「エクスカリバー」

パチン。親指と中指が黄金の火花を散らし、乾いた音が響いた。

「し、ヴぁあああ‼」

邪悪なるダンジョン柴犬は黄金の爆風に飲まれ、跡形もなく消え去った。あとに残るのは光の粒子だけである。

腕のなかで琴葉は震えながら見上げてくる。

「お兄ちゃん……っ」

「ちゃんと掴《つか》まってろよ」

さて、失われたお兄ちゃんポイントを稼ごうか。

1

最後の銃声が鳴り響いた。火薬と鉄の香りが漂うフロアは散々に荒れ果てて、アパレルショップは服が散乱し、フードコートは机も椅子もぐちゃぐちゃだ。

「ダンジョンブレイク、防げましたかね」

る。

「セーフ判定」

餓鬼道さんは表情ひとつ変えずに、銃のマガジンを交換し、ダンジョンゲートへ向き直
ダンジョンモンスターは祝福を受けた選ばれし者たちにしか倒せない。

1匹でも取り逃がしていれば大変な被害になる。

餓鬼道さんがぼそっとつぶやいた数秒後、ダンジョンゲートから修羅道《しゅらどう》さんが出てきた。

「修羅道《しゅらどう》」

「ダンジョン撃破完了です。1分くらいかかっちゃいましたけど」

「20分」

「え？　そんなに経《た》ってました？」

修羅道さんはダンジョンゲートを見て「おかしな話ですね」と腑《ふ》に落ちない声をだす。

「わたしは速攻を仕掛けたつもりでしたが……時間の乖離《かいり》現象……ふむ、このダンジョンは出現の仕方といい、よく調査する必要があったのかもしれません。すでに殺してしまったので、その全容を知ることは叶《かな》いませんが……」

修羅道さんは残念そうにつぶやく。

時間の乖離。修羅道さんが過ごした時間と実際に経過していた時間が違った？

「まあこのことは一旦置いておきましょう。赤木《あかぎ》さん、たくさん頑張ったようですね！」

「いや、俺のほうは特になにも」

餓鬼道さんの処理能力が高すぎて、あんまり活躍できなかった。俺が指を鳴らそうと狙ったダンジョン柴犬はだいたい、横から飛んできた弾丸で砕け散っちゃうんだもん。

「お兄ちゃん……すごかった」

琴葉からのお兄ちゃんポイントが稼げているのでヨシとしよう。

「まったく、いろいろと話したいことがあったのに、これではままなりませんね。わたしはこれから財団の部隊を招喚して、このダンジョンとショッピングモールを封鎖しなくてはいけなくなりました。餓鬼道ちゃんも暇なら手伝ってください」

「やることある。無理」

「『私にはやることがある。それはあの不可解なダンジョン召喚をおこなった男を追うこと。やつはダンジョン出現とともに姿を消した。だから、きっとなんらかのトリックで逃げおおせた可能性が高い。いまから周辺地域の調査に乗り出す。だから無理』ですって⁉」

修羅道さんは餓鬼道さんの言葉をよく理解できているようだ。いや、もはやエスパー的な何かな気がしないでもないが。

「さらば、赤木。そして、その妹」

餓鬼道《がきどう》さんはそう言って、颯爽《さっそう》と去っていった。話を聞く限り、彼女はダンジョン財団のエージェントなのだろう。ああして元日だろうと世界の平和を守っているのだ。

眩《まぶ》しいほどにかっこいい人だ。

「さっきから薄々感じていましたが、もしかして、あなたは赤木さんの妹ちゃんなんですか？」

修羅道さんは琴葉の顔をじーっと見つめる。紅《あか》い瞳に凝視されたじろぎながらも琴葉は「は、はい」と答えた。

「まあ、赤木さんにこんな可愛《かわい》い妹さんがいたなんて！　おっといけない。まずは自己紹介をしないとですね。こほん。わたしは赤木さんの友達の修羅道という者です」

「あっ、赤木琴葉です！」

珍しくきょどきょどする琴葉。普段、俺に対する態度とは大違いだ。

「琴葉ちゃんですね。可愛らしいお名前です。お兄さんの赤木さんにはいつもお世話になってます。琴葉ちゃんもわたしと仲良くしてくれたら嬉《うれ》しいです」

「い、いえいえ、こちらこそ！　こんな兄ですみません！　お兄ちゃんがお世話されてます！　ダメダメな兄ですが、どうか見捨てないでくれると……‼」

動揺しているのかな。もっと俺のことを上げてくれてもいいのよ。

「こんな兄ですけど、やる時はやる良いところもあるんです」

「ふふ、知っていますとも。赤木さんはやる時はやる人ですからね」

修羅道さんはどこか遠い目をして納得顔をする。

なんか照れくさい気分だ。褒められるというのに慣れていないんだ。

「ここはまだ危険な状況下にあります。ダンジョンを取り巻く世界では、なにが起こるかはわかりません。さあ、日常へ帰ってください。ちょうど立派なお兄さんもついていることですし」

修羅道さんは言って、ショッピングモールの出口を手で示した。

「修羅道さん、なにか手伝いますよ」

「残念ながら事務的な作業ばかりなので……その気持ちだけで十分ですよ、赤木さん」

俺にできるのは指を鳴らしてモンスターを吹っ飛ばすことだけだからな。

「気にせず琴葉ちゃんをエスコートしてあげてください」

「わかりました。それじゃあ、もう行きます。どうか気を付けて」

「いえいえ。あぁ、そういえば赤木さんに訊《き》きたいことがあって来たんでした」

「訊きたいこと？」

修羅道さんはスマホを取りだす。画面には今朝のチャットのログが表示されている。チャットの最後は俺の返信で終わっており『あけましておめでとうございます』となっていた。

「こんな簡素な返信であけおめを受け流すなんて冷たすぎます！　いったいどういうつもりですか⁉」

どういうつもりかと問われても、実際はどういうつもりでもないのだが。

嬉しさのあまり脳みそショートして思考力低下していました、と答えるのが正直だが、あまりにも情けない。どんだけ喜んでんだよって思われる。俺が非モテ男子で、かあいい女子から好意的な個人メッセージを貰《もら》ったことがないことがバレてしまう。

俺は腕を組み、口元に手をあてながら慎重に「それには深い訳がありまして」とはじめた。

どうにか上手《うま》いこと俺の好意を隠しつつ、はぐらかすのだ。俺ならできるはずだ。

「これは、お兄ちゃんは修羅道さんみたいな可愛い女の子とまともに接したことがないから、ちいさな脳がショートしてまともに返信できなかったんですよ」

「ちょ待て、なんで君が答えちゃうのかな、琴葉くん」

「だってお兄ちゃん馬鹿なくせに無駄に自分のことをおおきく見せようとするじゃん？

放っておいたら適当な言い訳するでしょ」

お兄ちゃん検定1級じゃないか。驚いたな。

「そういうことだったんですか、赤木さん。でしたらよかったです」

豊かな胸にそっと手を置いて、一息つく修羅道さん。

「てっきり赤木さんに面倒がられて、鬱陶しく思われているのかと」

「まさか、そんな訳――」

「まさかそんな訳ないですよ、兄に限って！」

お兄ちゃんにも喋《しゃべ》らせてください。お願いします。

琴葉は腕をビシッと横に振りぬき、雄弁に俺の弁護士を気取りはじめる。

「この兄はまるでモテない生き物なんです‼ 修羅道さんのような美人で、すごくて、かっこよくて、とにかくそんな素晴らしい人を無下にするはずないです‼」

弁護士じゃなかった。追及してくる検察側だった。

お兄ちゃんのことよくわかっているのは嬉しいけど、これ以上喋らせるのは危険だな。

「だから、このままにしておいたら天涯孤独の身をいく兄のことをどうか――」

「はい、おうちに帰りますよ、琴葉ちゃん」

「な、お兄ちゃん、離して、これはお兄ちゃんの一大事なんだよ⁉」

ごちゃごちゃ言ってる琴葉《ことは》を羽交い絞めにして、これ以上、余計なこと言わないうちに出口へと早足で駆けた。

「赤木さーん！」

声にふりかえる。修羅道さんが笑顔で手を振っていた。

「全部終わったら初詣いきましょう！」

「っ！　はい、お兄ちゃんは喜んでいきます！」

だから、なんでお前が答えるんだよ。

２

祖父母の家への帰路。俺と琴葉は平和なあぜ道を歩いていた。

先ほどまでの非日常が嘘《うそ》のように思える。

前からぷろぷろぷろと音を立てながら黒いヘリが飛んでくる。俺たちのことなどまるで気にも留めず、同じ速度で頭上を通り過ぎていく。振り返ると遠くにショッピングモールの看板が見えた。財団のヘリだろうか。

「お兄ちゃん、修羅道さんと仲よさそうだったね」

琴葉は藪《やぶ》から棒に口を開いた。

「言っておくがお前の想像してるような関係じゃないからな」

「ふふふ、どうかな」

不敵に笑う妹。どうかなってなんやねん。

まあ、なんとなく琴葉の考えていることはわかるが。

「にしても、お兄ちゃん、凄《すご》かったね」

琴葉は言って腕を振り抜くように、力いっぱいに指を鳴らした。

俺はお手本のように指を鳴らす。力を入れず、軽くスナップを利かせて。

乾いた音が年明けの寒空に響く。

「探索者になったとは聞いてたけど、ああしてみると本当に超能力とか使えるんだなって
びっくりしちゃった」

「お前が黒い封筒をもってきてくれたおかげだよ。ダンジョン財団のやつ。いままでは少し
自信があるんだ。以前まではその、俺ってあまりにも何もなかったろう?」

「たしかに。お兄ちゃんっていいところ何もなかったね」

「お兄ちゃんの名誉のために否定するのが一流の妹だ」

「――でも、いまのお兄ちゃんはすごくかっこいい」

落として上げる。まさかの二段活用ですか。これは超一流の妹ですね。

「お兄ちゃんは変わったよ。さっきは変わらないことが真実だの言ってたけど」

「それは見た目上の話だな。俺の根幹は変わってない」

「そう言ってるのはお兄ちゃんだからだよ。変わってないフリしてる」

「どういう意味だ。フリなんてまさか」

「お兄ちゃんはすごく変わったよ。目に見えるものだし、否定なんてできないことだよ。たぶんこれからも変わっていくよ。当たり前だけど。変わらないものなんかないんだしね」

「変わらないものなんてない、か」

レベルアップして強くなって、妹いわくかっこよくなって。それによって俺を構成する芯の部分まで変化したというのなら、真実はそんな簡単に変わってしまうというのか。

「だとしたら真実はどこにあるというんだ」

「そんなのないんじゃない。お兄ちゃんが勝手に言ってるだけで」

あっさり言われたな。

「お兄ちゃんのは自衛本能みたいなものに過ぎないんだしさ。さっきの……あの頼もしい感じさ、懐《なつ》かしい気がしたんだ。昔のお兄ちゃんみたいで」

「昔の俺？」

「……まあ、それはおいといて」

琴葉は咳払《せきばら》いして、よいしょっと話題を隅に寄せる。

「とにかく！　屁理屈《へりくつ》こねて面倒くさいこと言って、動かない言い訳探してないで、もっと頑張って。いまのお兄ちゃんならなんだってできそうな、そんな気がするんだから」

妹はきゅぴるんっとウィンクして指を鳴らした。

田園風景の向こう側、綺麗《きれい》なショッピングモールが見える。

去年はそこになかったあの建物は、ずいぶんとこのあたりの景色を変えたように思う。

変わらないものはない。この景色を見ているとたしかにそう思えた。

だからだろうか。妹の言葉は正しく、なんとなく俺もきっと変わる気がした。

第四章　赤木家《あかぎ》の正月

祖父母の家に戻りしばらくして、出前寿司《ずし》が到着し、おばあちゃんと母親は料理の準備をはじめた。俺と琴葉はたたみの上でゴロゴロしながらスマホを眺めてお腹《なか》を空かせる。クズと思うことなかれ。祖父母からすれば俺たちは客人ゆえ、こうしてくつろいでるアピールをすることが、もっとも重要なのである。

「英雄《ひでお》。すこし付き合え」

居間におじいちゃんが入ってきた。道着姿で。片手には木刀を持っている。

「あの……おじいさま、なんの用件かだけ教えてもらっても？」

「男児に生まれたからには、家を守るために時に血を流し、敵をぶち殺すこともあろう」

「なるほど……全くない、かも」

「今年はなぜか真人《まさと》がいない」

「はあ」

「だから、次男のお前を見させてもらおうか」

そういうことかぁ。

言われるがままに俺はおじいちゃんに連行され、裏手にある道場へとやってきた。古風な建物だ。ここに入るのは初めてだ。

引き戸をずらしておじいちゃんは草履を脱いであがる。この時代に草履て。

俺も靴を脱いで、靴下も放ってあとにつづく。床冷たっ。

正月の午後3時。どこか呑気《のんき》な気分が引き締まった。そこにもまた非日常があった。

澄んだ空気がそこにあった。静かで、外の物音など聞こえない。おじいちゃんが奥へ歩いていく足音だけが、広い空間に贅沢《ぜいたく》に残っている。

「剣を持てい、英雄」

おじいちゃんに木刀を投げられる。キャッチする。程よい重さだ。

「おじいちゃん、俺は剣道なんてやったことないよ」

「敵を殺すのは剣でも、技術でもない。人の意志よ。英雄、お前に意志があれば十分だ！」

俺は木刀をそれらしく構える。全然馴染《なじ》んでない感じがすごい。

「参るぞ、見せてみろ」

おじいちゃんは一足、踏み込んでくるなり真っ向に一刀。

打ち下ろすそれを俺は木刀を寝かして水平にして受け止める。

「ほう、普通はそういう受け止め方はしないが。速いな、英雄！　えらいぞ！」

祖父は高身長、身体《からだ》はしっかりしているほうだけど、もう80歳超えた老人だ。

俺は祖父のことあまりよく知らないけど——孫ってそういうものだよな——、こちらは探索者なのだ。祝福受けてますから。

どれだけ熟達した剣術を修めていようと、どれだけ健康的で元気溌剌《げんきはつらつ》であろうと、老人かつ一般人なおじいちゃんに後れを取るようなこともない。

加えて俺はついこの前まで、本物の命のやり取りをしていた。戦いに対する心構えというか、考え方、ありていに言えば冷静さがある。

だから、祖父と孫の微笑《ほほえ》ましい剣道に危機感を覚えることもない。

ここはほどほどに相手して、祖父の顔を立てつつ、兄貴の代わりを完了しよう。

かこん。こかん。かん、こん。

木刀と木刀がぶつかる音が、静謐《せいひつ》な道場に響きわたる。

俺は常に受け止める側で、おじいちゃんは常に打つ側だ。

俺が剣の打ち方を知らないからだ。あとは下手に振って怪我《けが》をさせたくないのもある。

どちらかというと後者のほうが大きいか。

「英雄、お前さては……」

10回ほど、おじいちゃんの太刀筋を受け止めた後、なにかが変わった。

かこん、こかん、かかんこかん。

木刀がぶつかるリズムが上昇する。より速く、音の間隔は短くなった。

わりと油断ならない速さだ。剣術ってすごいな。こんな老人でも熟達すれば、これほどの速さで攻められるようになるのか。

かかこん、かかっかかこん、かかか、ここっかかん。

祖父の剣速に反応するのに集中しなくてはいけなかった。

気を抜けばいまにもあの木刀の剣先三寸が、俺の頭を打つだろう。

緊張感は増していく。なぜなら攻撃してくる木刀の速さが増加していくから。

いつしか俺はおじいちゃんの木刀をすべて受け止められなくなっていた。３太刀に１回くらいは身体のどっかを打たれてる。わりと痛い。

おじいちゃんめ、なんという猛者《もさ》なのだ。若さで勝り、祝福者でもある俺を相手に。

そういえば、毎年、兄貴はお正月をひどく恐れていたっけ。いま思い出したが、兄貴はいつも食事時前におじいちゃんに連行されて、痣《あざ》と出血をともなって帰ってくるんだ。

そうか、これのせいか。うちのおじいちゃんは剣術の達人なのだ。

予想外だった。まさかこれほどとは。

だが、だからこそ、多少、こちらもやる気になれる。いままではガードすることしか考えてなかったが、バカスカ打たれまくった今なら一刀くらい仕返ししたい気分にはなってる。

というか打たせてくれ。じゃないとおじいちゃんのこと嫌いになりそう。

攻撃パターンを読んで、隙をつくんだ。

「ここだ！　くたばれぃ！」

俺はガードすると同時に力強く押し返し、おじいちゃんの体勢を崩す。

すかさず狙うのは、禿《は》げあがったおでこだ。

ここまで一方的にやられた怨嗟《えんさ》を解放し、いざ一矢《いっし》報いてやる。

「喝ッ‼」

おじいちゃんが吼《ほ》えた。押し返してのけぞるかと思われたが、その場で踏ん張りを利かせ、木刀を素早く突き出してきた。こちらが禿げ頭を打つまえに、おじいちゃんの木刀の切っ先が俺の腹筋に届く。

「ぶぼへえ⁉」

「甘いぞ英雄」

道場の冷たい床を転がる。えづき、ごほごほ咳《せき》が零《こぼ》れる。

なんだよ、いまの速さ……一瞬だけ倍速で動いたかと思うほど迅速だった。

「英雄、鍛錬をしておらんようじゃな。てんで素人《しろうと》だ」

「剣は、専門じゃないんだよ、おじいちゃん」

「では、お前の専門はなんだ」

「これとか」

指を鳴らした。澄んだ道場に乾いた音が響きわたる。

ちいさな花火が起きた。おじいちゃんのこめかみの横で。

覇気満ちるおじいちゃんの顔を崩してみたかったのだ。

「珍妙な芸を使うのだな、英雄！」

なんか褒められた。てか、全然驚いてないな。

「ここまでにしよう。剣に無駄はおおいが、それだけがすべてじゃない。お前は強い！立派だ！　お前ならしっかりと家を守っていけそうだ！」

褒められました。俺はおじいちゃんに手を差し伸べられ、その手をとって立ちあがった。

おじいちゃんのことは今までよくわからなかったけど、今年からはもっとわからなくなりそうだ。この人、一体何者なのだろうか。

1

うまい寿司が広がるテーブルを囲んで、俺たちは一家団欒《だんらん》の時を過ごしていた。

赤木家は代々、寿司に関しては敬虔《けいけん》なマグロ至上原理主義者だ。なので食卓いっぱいに広がるのは赤、ピンク、薄ピンクなどの鮮やかなマグロたちである。マグロ以外は少量だ。

ちなみに俺は中トロが好き。赤身も好き。あと大トロも好きだな。てかマグロならどこでも好きか。マグロしか勝たん。

「して、真人はどうしたんだ？　今年は姿が見えないが」

おじいちゃんが兄貴についてついに言及した。緊張が走った。

流石《さすが》に荒海に追放したと知れたら叱責されるのではないか？

親父《おやじ》殿、どうしますか。

「ベーリング海です」

普通に答えただと。親父殿、すこしオブラートに包むべきでは。

「そうか、ベーリング海か。さぞ寒かろうな」

いや、アンタも納得するのかい。ベーリング海に孫がいるって聞いて『さぞ寒かろうな』で返すおじいちゃんはいないんだよ。

俺の親父はたまにおかしいけど、祖父もたいがい感覚イカれてやがる。

「ちーちーちー」

シマエナガさんが起きたようだ。胸ポケットから顔をだして、食べ物をおねだりしてくる。

「よしよし。マグロ食べたいかぁ」

「お兄ちゃん、なんでシマエナガがいるの……」

しまった。琴葉《ことは》もシマエナガさんのことを知ってたのか。

「あー、群馬で拾ったんだよ」

「へえ。群馬ってシマエナガ落ちてるんだ」

納得してくれたか。ホッ……危ないところだった。

一家団欒の時を過ごし、そろそろ本日のデイリーミッション『ショーシャンクの壁にへ取り掛かろうと思いたち、おじいちゃんと共に古蔵へやってきた。

食後のお茶をすすりながら「壁に穴空けていい？」と訊《き》いてみたところ、普通に「いいぞ」と返ってきたという感じだ。我ながらイカれた会話だと思う。

穴を空けるための金鎚《かなづち》もおじいちゃんが貸してくれた。洋画で主人公が部屋の壁をぶっ壊して、荒々しくＤＩＹする時に使ってるタイプのやつだ。いわゆるスレッジハンマー。

我がスキル『フィンガースナップＬＶ４』を使えば穴など一撃で綺麗《きれい》に開通させられるだろうが、デイリーのレギュレーション的にノーカンにされる気がする。経験上わかるのだ。

だから、今回はこういうハンマーが必要だ。

「英雄《ひでお》、穴を空けたいのなら、この蔵の壁を使うといい」

「ありがとう、おじいちゃん。ところでさ、こんな蔵あったっけ？」

ちいさい頃、おじいちゃん家《ち》を探検して遊んでいた。道場など施錠《せじょう》された場所以外はたいてい行き尽くしたし、脳裏に祖父母家のマップは刷り込まれている。

記憶が正しければ、こんな蔵は敷地《しきち》内になかったはずだ。

「5年くらい前からここにあるんだ」

「どういうこと？」

「朝起きたらあった」

「疑問が増えるんだけど？」

「趣があって、屋敷《やしき》の雰囲気にもマッチしておったからな。便利に使わせてもらってる」

おじいちゃんはそう言ってぺしぺし嬉《うれ》しそうに蔵の外壁をたたく。めちゃくちゃだ。

怪しいを通り越して超常現象の類いではないか。

「広くて、丈夫で、雨漏りしないんだ。だが、欠点もあってな」

「へえ、どんな」

「よく消えるんだ」

「えっと……つまりどういうこと？」

「説明が足らなかったな。最短で1ヶ月くらい、最長で半年くらい姿を消すんだ」

「やっぱり疑問が増えるんだけど？」

ごめん、俺わかってあげられないや、おじいちゃん。

早々に理解をあきらめ、蔵のなかに入る。

蔵のなかは空っぽだった。埃《ほこり》っぽく、暗く、外の音がしない。

なんだか落ち着かない。奇妙な気配を感じる。だが、視界内にはなにもない。

不気味だ。事前におじいちゃんにあんだけ超常現象の話を聞かされているから、そう感じてるだけかもしれないが。

「気に入っているが、不便だから荷物は全部ほかへ移したんだ」

だから、もうこの蔵はどうしたって良いという訳だな。

俺はスレッジハンマーを古蔵の壁にフルスイングする。ずどん。開通。

「すごいパワーじゃないか、英雄」

「探索者だからね、おじいちゃん。腕力には自信あるよ」

俺は穴をくぐる。これで『ショーシャンクの壁に』がひとつ進むはずだ。

【デイリーミッション】毎日コツコツ頑張ろうっ！
『ショーシャンクの壁に』　壁に金鎚で穴を空けてくぐる　1／10
【継続日数】34日目【コツコツランク】ゴールド　倍率5・0倍

進捗状況が変わった。これでいいらしい。

もう一度くぐってみる。

今度は進捗状況が変わってなかった。

判定が失われている、ということだろう。

一度くぐった穴は判定的にくぐり済みとなってしまうわけだ。

くぐるための穴は毎回新しく空けろと。そういうことか、デイリーくん。

「探索者ということは、ダンジョンを攻略しているのか」

「そうだよ。生業《なりわい》にしようと思って」

「大変な仕事だな。だが、腕っぷしがあれば日々研鑽《けんさん》を積めるいい仕事でもあるか」

おじいちゃんが見守る中、俺は穴を空けて、くぐってを繰り返した。

【デイリーミッション】毎日コツコツ頑張ろうっ！

『ショーシャンクの壁に』壁に金鎚で穴を空けてくる　10／10

本日のデイリーミッション達成っ！

【報酬】『先人の知恵B』×2

【継続日数】35日目【コツコツランク】ゴールド　倍率5・0倍

本日のデイリーミッション完了。

報酬の『先人の知恵B』をぺらぺら～っと流し読みして経験値を取得する。

いつものレベルアップの音はしない。経験値が吸収されている感覚はたしかにあるが

……レベルアップしづらくなっている。自然の摂理ではある。物悲しいが。

「英雄、ちょっといいか」

「どうしたの、おじいちゃん」

「見て欲しいものがあるんだが」

おじいちゃんは蔵の奥へ足を進める。

暗く湿った床を指さした。そこには落とし戸があった。

入り口は固く閉じられており、南京錠《なんきんじょう》と鎖で封鎖されている。

「この蔵に以前からあったものでな」

「へえ、地下室ってこと？　なかはどうなってるの？」

「まるで迷宮のようだった。どこまでも続いているんだ」

「……迷宮？　もしかしてダンジョン？」

ダンジョンはいつどこに出現するかわからない。蔵の地下に迷宮があるなんて尋常じゃない。きっとなにか異常性《アブノーマリティ》をもった現象に違いない。

「ほかになにか変わったことはない？」

「時折、うめき声が聞こえるんだ。あれは人間のものじゃない」

ダンジョンだ。

「そうそう、あと変な妖怪もよくでてきたぞ」

絶対にダンジョンです。

「箒《ほうき》で何度叩《たた》いて追い返しても出てくるんだ。性懲りもなくな」

いや、おじいちゃんすげえな。

「しまいには30匹くらいの群れで攻めてきた」

それダンジョンウェーブじゃない？

「箒で叩き返した」

もうあんたがSクラス探索者だよ。

やはりおじいちゃんの戦闘能力は一般人の枠を超えている気がする。

「勝手に妖怪が出てきたら近所迷惑な気がしたから、こうして入り口を封鎖しているんだ。だがな、最近、物音がすごいんだ」

「へえ、とりあえずダンジョン財団に報告しよっか……」

「わしは思ったんだ。もしかしたらダンジョンかもしれないとな」

うーん、正解。

「やつらは妖怪ではなく、モンスターなのかもしれないと」

たぶん、それも正解。

「ちょっと見てくれないか、英雄」

「開けない方がいいんじゃない……？」

「まあそう言わず」

「とりあえずダンジョン財団に報告した方がいいよ」

「カギは確かここに……あったあった」

「開けない方がいいよ！」

「いや、ちょっと見るだけだから」

だから、開けるんじゃねえこのジジイ‼

流れるように封鎖を解除するおじいちゃん。

こちらを見ながら無防備に落とし戸を持ちあげた。

その瞬間、中から黒い腕が伸びてきた。

無数の腕がおじいちゃんをがっちり捕まえて、なかへ引きずり込んでしまう。

「うおおお、英雄おおお！」

「おじいちゃあああん⁉　開けないほうがいいってあれほど‼」

「うおぉぉ、英雄ぉおお！」

やばいやばい、やばいぞ、まじでやばい。

とにかくダンジョン財団に連絡をしないとだ。

修羅道《しゅらどう》さんへメッセージ送れば助けてくれるだろうか？

スマホを取り出して、急いで修羅道さんへ連絡をする。彼女はまだショッピングモールにいるかもしれない。

「ちょ、やめろって‼」

メッセージを打ち終わる前に、腕が伸びてきて俺のスマホを摑《つか》んだ。

4秒ほど綱引きした結果、ヌルッと滑ってスマホを奪われてしまう。

「だぁあ‼　ふざけんな、最新機種だぞ⁉　俺のスマホ返せ！」

邪悪な触手は言うことを聞かない。無慈悲にもスマホは穴のなかへ引きずり込まれた。

無我夢中で怪しげな穴へ飛びこんだ。スマホのため。おじいちゃんのために。

第五章　メタル柴犬《しばいぬ》クラブ

地面に顔面から墜落した。くそ痛い。

「勘弁しろよ……なんで正月からこんな目に……」

顔をあげて周囲を見渡す。陰湿な景色が広がっていた。

一帯が湿った沼地のようになっていた。俺のいる場所は足場がしっかりしており、目の前にはうっすらと道が続いて、その先がいくつにも分岐している。

分厚い暗雲が覆い尽くす空からはいまにも雨が降ってきそうだ。

群馬のダンジョンとはだいぶ趣が異なるようだ。広さという意味でも、空気感という意味でも。あそこは洞窟のような道が続いていて、うっすらと明るかった。

「おじいちゃぁぁぁああん‼」

俺の声は湿地に虚《むな》しく吸い込まれていく。

何度も名前を呼んだが、返事が返ってくることはなかった。

近くにはいないようだ。もっと深いところへ連れ去られたのか？

進むほかないのか。この怪しさと邪悪さ満点のアンダーワールドを？

5年前に出現した古蔵の地下に備えられていたらしいけど……まるで意味不明だ。

5年間放置されてたのか。モンスターは溢《あふ》れなかったのか。

そもそも、ダンジョンってどうやって発生するんだろう。

よくよく考えたら俺ってダンジョンのことなにも知らないな。

「やっぱりもっと警戒するべきだったよなぁ……」

そもそも得体のしれない古蔵に足を踏み入れるのも迂闊《うかつ》だったかな。

いや、すべては後の祭りか。言っていても時間が遡るわけでもない。

「ちーちーちー」

「おや、シマエナガさん。ついてきてくれたんですね」

「ち～」

「出口はどこにあるかわかりますか？」

「ちーちーちー」

シマエナガさんが鳴きながら頭の上を旋回しはじめた。出口を見つけられないようだ。

俺は視線を真上へやる。分厚い雲が広がるばかりだ。いましがた落ちてきた穴らしきものがない。ありえない現象だが、不思議と俺は冷静だった。

ありえない現象を理解することはできないが、納得することはできる。

最近まで知らなかった世界を俺は知っている。怪しげな財団と迷宮を取り巻く世界では、日常のなかで生きていては想像もできないようなことが息をするように起きるのだ。

だから、ここがダンジョンだとして、俺がいま落ちてきた入り口であり出口が消えたとて、そのことに狼狽《うろた》えることはないのだ。

このダンジョン……入るのは簡単だが、出るのは難しいということか。

デイヴィ・ジョーンズの墓場みたいな場所だ。

あるいは出られないのはダンジョンウェーブ現象のようなものなのか。モンスターが波のように出口へ押し寄せる異常現象……ダンジョンゲートは外からも内からも干渉できないようになるという。

こうした異常現象の解決手段は、ダンジョンボスを倒すことだ。もしダンジョンウェーブのような異常現象によって封鎖されているのだとすれば、もしかしたらダンジョンボスを倒すことができれば、すべては解決するかもしれない。

まあ考えていても仕方がない。退路がないのなら進むほかないのだから。

選択肢が減るのは悪いことばかりじゃない。迷いがなくなる。

どのみち、俺だけで帰る訳にはいかないのだ。おじいちゃんのこともあるし、スマホも取り返さないと。進むしかない。

装備を着込んできて本当に良かった。

「ちーちー」

「流石《さすが》はシマエナガさん。慧眼《けいがん》でしたね」

「ち～♪」

シマエナガさん、ふわふわの白いお胸を反らして自慢げです。はい、かあいい。

赤木英雄《あかぎひでお》【レベル】111
【HP】12,010／12,010【MP】2,520／2,520
【スキル】『フィンガースナップLV4』『恐怖症候群LV3』『一撃』『鋼の精神』
【装備品】『蒼《あお》い血LV3』G4『選ばれし者の証《あかし》』G3『迷宮の攻略家』G4
『アドルフェンの聖骸布』G3

ステータスで状態を確認する。大丈夫だ。体調は万全だ。戦える。

シマエナガさんを胸ポケットにしまって、『迷宮の攻略家』――サングラスをかける。

レンズ裏の黒面に立体的なマップが構築され表示された。

「おかしいな」

サングラスにモンスター頻出エリアと宝箱の位置が表示されない。

もしかしてモンスターも宝箱も存在しないとか？

そんなダンジョンありえるのだろうか。いや、あるのか？

俺はダンジョンに詳しくないし、なんなら何も知らないまである。

攻略参加経験もただの2件だけだ。この世のダンジョンの普通など知らない。

状況が異常なのか、通常なのかすら判断がつかない。

こういう時はいつも修羅道さんが修羅っと答えを提示してくれていたからな……心細い。

とはいえ、もしモンスターがいたとしても、今は悠長に稼いでいる場合ではない。

俺がやるべきは3つ。
①スマホを取り戻す　②おじいちゃんを救出する　③ダンジョンから脱出する
「おじいちゃん、今行くから」

マップを頼りに、俺は湿地帯を走りはじめた。

目指す場所は決まっている。というのも『迷宮の攻略家』の3Dマップに怪しげな空間が表示されているのである、奥まったところに怪しげなドーム空間があるのだ。

まるで資源ボスと戦った時みたいなデカいスペースだ。

怪しさ満点だ。もしかしたらボスがいるんじゃないのか？

「ちーちー！」

シマエナガさんが警戒を感じさせる声で鳴いた。

湿地帯に敷かれた道の先、四足の見覚えのある獣が立ちふさがっていた。

「モンスター、いるじゃないか」

そいつは脛《すね》ほどの高さの柴犬《しばいぬ》であった。ちいさい。豆柴っていうのかな。

サイズからして1階層クラスのモンスターだ。安心する。

おかしな点をあげるとすればひとつ。

なんだかとってもメタリックなことだ。

銀色で、光沢があって、とても艶々している。

だが、構うことはない。モンスターは灰に変えるのみ。それが俺の流儀。

「撃滅のエクスカリバー」

HP1を消費して、ATK100の爆発をぶつけた。

1階層のモンスターならこれで簡単に消し炭になるだろう。

「わんわん！」

「だぁにい……？　死なないだと……‼」

ダンジョン柴犬——否《いな》、メタル柴犬は爆炎を受けてもびくともしなかった。

爆発を頬で受けて「なんですか？」と小首をかしげるだけ。

スーパーアーマーに近いものを感じる。怯《ひる》みもしてない。体幹が強過ぎだ。硬い。群馬の1階層モンスターよりずっと硬い。

1階層のモンスターじゃないのか？　それとも大きさでモンスターの強さを測っていた俺の物差しが間違っていたのか。

「わかった。初心にかえってどれだけ体力があるか測ってやる」

俺は両手指パッチンを開帳し、秒間7回の『フィンガースナップLV4』を撃ちまくる。

以前は秒間6回が限界だったが、トレーニングが俺を進化させた。

威力は固定――『ATK100：HP1』だ。

「カーリカリカリカリカリカリカリカリカリカリーバデルチッ！」

息もつかせぬ45連射。初撃とあわせて合計ATK4，600を叩《たた》きこんだ。

然《さ》しものメタル柴犬も涼しい顔しては立っていられまい。勝った、第三部完。

「ちーちー！」

「シマエナガさんなんですそんな慌てて。まさかメタル柴犬がまだ生きているとでも――」

「わんわん！」

生きてた。普通に立っていた。行く手を阻《はば》むガーディアンは健在だ。

なんなら首の裏を後ろ足でかきかきし始める余裕まで見せるではないか。

ありのまま今起こったことを話そう。

俺は脛ほどの高さしかない子犬へ、大人げなく46発の爆撃をしかけ、木っ端《こっぱ》みじんにしたと思ったら、いつの間にか俺のHPだけ減っていたんだ。無論、相手は無傷だ。

これは高HPとか、スーパーアーマーとかちゃちなもんじゃ断じてねえ。

「馬鹿な！　何が起こってるって言うんだ！」

「ちーちーちー」

シマエナガさんは翼でメタル柴犬を示した。「よく相手を見ろ」って言っているのか？

黒いつぶらな瞳が語り掛けてくる。気がする。俺にヒントをくれているのだ。

「無傷、ノーダメ……つまりダメージを無効化している？　俺の攻撃を無効化しているというのか？　それはつまり……あのメタルに秘密がある？」

メタル、金属……もしかして、こいつ防御力がめちゃくちゃ高いとか？

思えば俺の攻撃はＡＴＫ、つまり攻撃力で換算されてる。

ＡＴＫ１００というのは、あくまで俺側の都合だ。最終的なダメージは相手側の防御力によって変化するからいつもダメージ１００を与えられているとは限らない、のか。

もし防御力——ＤＥＦ１００あったら相殺《そうさい》されてダメージ０になったりするのでは。

俺は十分な攻撃力を持たせるために『ＨＰ２００：ＡＴＫ２０，０００』で柴犬を爆破した。

瞬間、メタル柴犬は砕け散り、膨大な量の光の粒子となった。

見たこともないボリュームの経験値だ。

ピコンッ！

「あ。レベルあがった」

昨日１レベルあがったばかりなのに。

１００レベを超えてからは流石にレベルアップしづらくなっているのに、こうも容易《たやす》く、たった１体でレベルがあがるとは。

もしや、メタル柴犬、おぬし経験値量がすごいな？

なるほど。ダンジョンによってモンスターの性質が変わるとな。そして、このダンジョンはメタル柴犬というボーナスモンスターが出現するダンジョンなのかもしれない。

「やっべえ、おじいちゃん助けるよりレベリングしたくなってきた……」

「ちーちーちー！」

咎《とが》めるように鳴く白い鳥。

「わかってますよ、流石に許されないですよね、シマエナガさん」

おじいちゃんの身の安全と、ボーナス経験値。もちろん、俺はおじいちゃんを優先する。

俺はダンジョンを駆け回った。おじいちゃんを助けるためだ。

「あれ、おかしいな、メタル柴犬いないぞ……さっきのだけなのか」

「ちーちーちー！」

「ち、違う、違いますって‼　ちゃんとおじいちゃん探してますって！　あっ‼」

「ちー？」

「メタル柴犬発見ッ！　必滅のエクスカリバーッ‼」

「……ちぃ」

メタル柴犬を爆殺ッ‼　膨大な経験値が一気にこっちへやってくる。

イッヒヒヒ、さあ、はやくおいで経験値ちゃん。

俺を最高に気持ちよくしてくれよ、うひゃひゃひゃ。

ああ、だめだ、まだレベルアップしてないのに気持ちよくなってきた‼

「ちーちーちー！」

「シマエナガさん⁉」

突然、白影が俺の胸ポケットから飛び出して経験値へ飛び込んだ。

ピコピコピコ、ピコピコ！

「レベルアップの音が聞こえる。でも俺は気持ち良くないな……？」

赤木英雄【レベル】１１２（１レベルＵＰ）

【ＨＰ】１２，３２４／１２，５７０【ＭＰ】２，５０６／２，６００

【スキル】『フィンガースナップＬＶ４』『恐怖症候群ＬＶ３』『一撃』『鋼の精神』

【装備品】『蒼い血ＬＶ３』Ｇ４『選ばれし者の証』Ｇ３『迷宮の攻略家』Ｇ４

『アドルフェンの聖骸布』Ｇ３

俺のステータスに劇的な変化はない。おかしいな。あんなに派手にレベルアップした音が聞こえてたというのに。いったいなにが起こっ…………ん？

「ちーちーちー♪」

「シマエナガさん、満足そうな顔してますね……それに、ちょっとふっくらしました？」

シマエナガさんが大きくなったような気がします。ふわふわが増してます。

両手で白い球をわしっと掴《つか》む。なんだこれ。モフモフの塊じゃあないか。

これは『でぶシマエナガさん』という新しいジャンルなのでは……かあいい。

ふっくらしたまま俺の胸ポケットに戻ってくる。

キッツキツだ。パンパンになっていらっしゃる。明らかにデカくなってる。

「もしかして……ちょっとステータス見せてくださいねっと」

シマエナガさん【レベル】10（9レベルUP）
【HP】10／1，420【MP】10／1，852
【スキル】『冒瀆《ぼうとく》の明星』『冒瀆の同盟』

成長しているだと⁉

しかも、スキルまで増えていらしゃる⁉

いかめしい名前のスキルだ。ちょっと失礼して確認させてもらおう。

『冒瀆の同盟』
世界への忠告　冒瀆的怪物は同盟者を見つけた　同盟者の全ステータスを400％強化
720時間に1度使用可能　MP10，000でクールタイムを解決やばい。もうやばいよ。なにがやばいってスケールがさ……４００％とか７２０時間とか、ＭＰ１０，０００とかさ、おかしいところが垣間見《かいまみ》えるんだ。

これが『厄災シリーズ』のポテンシャルだとでも言うのか？　こんな成長率でおおきくなったら一体どうなってしまうんだ？

見た目の可愛《かわい》さのわりに、中身だけ確実に『厄災の禽獣《きんじゅう》』になっている。

「ちーちーちー♪」

「俺、最後まで面倒見れるかなぁ……」

ちょっと自信なくなりそうだった。

1

「ちーちー」

うちの子が胸ポケットに半身を埋《うず》めながら。手前を翼で示す。

道の先、湿地のまんなかに黒いねじ曲がった樹《き》が生えている。周囲にいっぱい生えているもので、とりたてておかしなところはない。

「ん？　いや、待てよ、あれはなんだ」

黒い樹に何かが引っかかっている。背景に溶け込みそうな黒いファイルだ。

手に取って確信を得た。これはデイリーミッションだ。配達の方おつかれさまです。

だが、どうしてデイリーミッションがこんなところに？　まさかもう更新されたのか？

ありえない。先ほど『ショーシャンクの壁に』を達成したばっかりだ。

まだ外は夕方前くらいだろう。１日経《た》ってるわけがない。

俺は混乱しながらもデイリーミッションを確認する。

【デイリーミッション】毎日コツコツ頑張ろうっ！
『日刊筋トレ：スクワット　その２』　スクワット　０／１，０００
【継続日数】35日目【コツコツランク】ゴールド　倍率５・０倍

間違いない。これは俺のデイリーミッションだ。【継続日数】からも明らかだ。

なんでだ。なんでデイリーが更新されてるんだ。

自然に考えれば一日経過したということだろうが。

「ちーちーちー」

再びじっと見つめてくるつぶらな黒瞳。その眼差《まなざ》しは空へと移動した。

ヒントを告げてくれている気がした。空に……いや、ダンジョンの外という意味か？

「まさか、ダンジョン内だと15分くらいしか経ってないけど、外の世界だと1日が経過したとか……？　時間の進行速度が違うとかはありえるのか？」

「ちーちー」

シマエナガさんはそのように考えているのか。

時間乖離《かいり》。待てよ。そういえばさっき修羅道《しゅらどう》さんがおかしなことを言っていたような。

時間の流れる速度が違う。そしてデイリーミッションはダンジョンの外の時間の流れに準拠して発生している——もしこの仮説が正しかった場合、悪夢的なことを意味する。

つまり普段よりも短い間隔でデイリーミッションに襲われるということになるのだ。

もしデイリーミッションを1日でもサボってしまえば、今日まで積み重ねた【継続日数】が気が付かないうちにリセットされてしまうことも考えられる。

そうなれば最悪だ。なんとしてでも【継続日数】のバトンは繋《つな》がなくてはならない。

仮説が正しかったとしよう。外の時間のことを考慮して……ふむ、おおよそ30分で1日が経っていることになる。つまり30分で1デイリーミッションだ。

ん？　30分で1デイリーミッション？　……やばくね？

俺のゴールド会員はく奪まで秒読みなのでは？

「ちーちー！」

「うぉぉおお！！　ゴールド会員は手放さんぞォォォオオ‼」

両手を頭の後ろにまわし、高速でスクワットをはじめた。

くっ、高速で上下運動をするせいで太ももに凄《すさ》まじい負荷が掛かっている。

もはや自重トレーニングの域を超えている。だが、次のデイリーまでもしかしたら時間がないかもしれない。一秒でもはやく36日目を終わらせなければならない。

うおぉぉぉお、耐えてくれ、俺の太ももぉぉお‼

【デイリーミッション】毎日コツコツ頑張ろうっ！
『日刊筋トレ・スクワット　その2』スクワット　1，000／1，000
本日のデイリーミッション達成っ！
【報酬】『先人の知恵B』×3
【継続日数】36日目【コツコツランク】ゴールド　倍率5・0倍

「ぜはぁ……ぜはぁ……ぜはぁ……」

「ちーちー‼」

ダンジョン内で猛烈にスクワットをしデイリーを秒殺した。

太ももに火がついたようだ。筋肉が燃えている。俺のせいで湿地の気温があがってる。

嘘《うそ》だ。すこし盛った。

息を整えて、汗をぬぐい、古本とぺらぺらと読みこんでおく。疲れた身体《からだ》には経験値がよくしみこむ。効くぅ〜。やはりこれだな‼　たまらねえぜ‼

ひと休みできた。先を急ごう。

俺の仮説が正しかった場合、地獄がこの先に待っているのは想像に難《かた》くない。

このダンジョンにいる限り、際限なくデイリーの猛攻が襲ってくる可能性すらあるのだ。

今やるべきことは、おじいちゃんを見つけ、このダンジョンから脱出することだ。

「ちーちーちー」

「なんですか、シマエナガさん？　もう経験値は食べたでしょ？」

「ちーちー」

「あれ、なんかまた黒いファイルあるな」

手に取り開く。デイリーミッションだぁ⁉


【デイリーミッション】毎日コツコツ頑張ろうっ！

『確率の時間　コイン』　コイントスで10連続表を出す　０／10
【継続日数】36日目【コツコツランク】ゴールド　倍率５・０倍

ま、まずい……ッ。俺の仮説が真実味を帯びてきたじゃないか。

なによりも『確率の時間　コイン』とかいうハズレデイリーミッションなのもまずい。

「ちーちーち‼」

心配そうに鳴くシマエナガさん。

「大丈夫です。シマエナガさん」

「ちー……？」

俺は慣れ親しんだ５００円玉をとりだし、ゆっくりと弾いた。

まず、１回。成功。そして、２回。３回。４回――

お前にわかるか、デイリーミッション。俺が今日にいたるまでどれだけのコイントスをしてきたのか。

66兆２，０００億回だ。

嘘だ。ちょっと盛りすぎた。でも、果てしなくコイントスをしてきたのは間違いない。

「６回……７回」

どれだけお前が理不尽を叩《たた》きつけようと、人の心を挫《くじ》くことなどできはしない。

「7回……8回」

「ち、ち⁉」

人間とは困難を克服する生き物の名前だ。これで10回。俺の勝ちだ。

【デイリーミッション】毎日コツコツ頑張ろうっ！
『確率の時間　コイン』コイントスで10連続表を出す　10／10
本日のデイリーミッション達成っ！
【報酬】『先人の知恵B』×4　『先人の知恵C』×2
【継続日数】37日目　【コツコツランク】ゴールド　倍率5・0倍

やった。ノーミスで、最初のチャレンジで、10回連続コインの表を出すことに成功した。

絶望のなか一筋の光の糸を摑《つか》みつづけた。胸の奥から熱いものがこみ上げる。

俺は成長している。

（新しいスキルが解放されました）

久しぶりの女性の声。アナウンスの人である。

どうも、お久しぶりです。スキル解放ですか？　ありがとうございます。

「ステータス、オープン」

赤木英雄《あかぎひでお》【レベル】１１２
【ＨＰ】１２，３２４／１２，５７０【ＭＰ】２，５０６／２，６００
【スキル】『フィンガースナップＬＶ４』『恐怖症候群ＬＶ３』『一撃』『鋼の精神』『確率の時間　コイン』
【装備品】『蒼《あお》い血ＬＶ３』Ｇ４『選ばれし者の証《あかし》』Ｇ３『迷宮の攻略家』Ｇ４
『アドルフェンの聖骸布』Ｇ３

増えている。スキル『確率の時間　コイン』が。
忌々《いまいま》しい名前のままスキルになっているだと。
スキル表示をなぞり、すぐに詳細を確認する。

『確率の時間　コイン』
50％の確率に身を委ねるのは愚かなことだ　しかし　その心配はもう必要なくなった

コイントスを行い　結果に参照し次の効果を付与する
表面　全ステータス5分間　20％強化　次の攻撃ダメージを2・0倍にする
裏面　全ステータス168時間　100％弱体化　HPとMPを1にする
168時間に1度使用可能
【解放条件】デイリーミッション『確率の時間　コイン』をノーミスで達成する

基本的には全体ステータスバフがメインで、オマケとして次の攻撃は強力になる……みたいな話だろうか。

必殺技を放って、つよつよモードに移行するっていうパターンだろう。

とてつもなく強い。それは間違いない。

けどさ……失敗した時のペナルティえぐすぎん？

100％弱体化ってつまりステータスゼロでしょ？

ウィンドウでは見えないけど、防御とか、敏捷《びんしょう》とか、筋力も低下するんだよな？

祝福すべて失うって……こんなの気軽に使えない。重い。俺のスキルみんな重い。

「ちーちーちー！」

急《せ》かしてくるシマエナガさん。

急がないと次のデイリーが襲ってくる。時間は1分とておしい。

俺は最奥《さいおう》のドーム空間を目指して駆けだした。

2

襲いくるデイリーミッションの猛攻に、俺は苦戦を強《し》いられていた。

理不尽のなかで唯一、幸運と言えることはデイリーミッションすべてが俺一人で完結するタイプであることだった。

これも『選ばれし者の証』――我が相棒ブチが引き寄せてくれたイイコトなのだろう。

だが、幸運はいつまでも続くと思ってはいけない。

【デイリーミッション】毎日コツコツ頑張ろうっ！
『確率の時間　コイン』　コイントスで10連続表を出す　10／10
本日のデイリーミッション達成っ！
【報酬】『先人の知恵B』×4　『先人の知恵C』×2
【継続日数】55日目　【コツコツランク】ゴールド　倍率5・0倍

気が付けば【継続日数】が55日になっていた。
このペースはまず過ぎる。いつか限界がくるのは火を見るより明らかだ。
はやくこのダンジョンを出ないといけない。
（スキルレベルがアップしました）
でも、このアナウンスは嬉《うれ》しい。なんぼあってもいいですからね。

赤木英雄【レベル】114（2レベルUP）
【HP】12，324／13，380【MP】2，506／2，790
【スキル】『フィンガースナップLV4』『恐怖症候群LV3』『一撃』『鋼の精神』『確率の時間　コインLV2』
【装備品】『蒼い血LV3』G4『選ばれし者の証』G3『迷宮の攻略家』G4
『アドルフェンの聖骸布』G3

『確率の時間　コイン』が一度も使わずにLV2になっていた。
俺の感覚と認識を置き去りにして、世界だけが先に行ってる感じがする。

『確率の時間　コインLV２』
50%の確率に身を委ねるのは愚かなことだ　しかし　その心配はもう必要なくなった
コイントスを行い　結果に参照し次の効果を付与する
表面　全ステータス５分間　40%強化　次の攻撃ダメージを２・５倍にする
裏面　全ステータス１６８時間　１００%弱体化　HPとMPを１にする
１６８時間に１度使用可能
【解放条件】デイリーミッション『確率の時間　コイン』を10回ノーミスで達成する

順当に進化した感じか。相変わらずのギャンブル性能だ。

よし、いそげ。おじいちゃんを回収するんだ。

「あ、メタル柴犬《しばいぬ》！　逃げるなぁあ！　エクスカリバー‼」

ただ、メタル柴犬を逃す手はない。しっかりと指パッチンをぶちあてていく。

シマエナガさんがふっくらしようとするのを阻止するのも忘れない。勝手に大きくなるんじゃありません。かあいいからって何でも許されると思ったら大間違いだ。

「おじいちゃん！　おじいちゃぁぁぁんッっ！　はやく出てきてぇぇ！　いつまでもここ

にいたら、外の世界でおばあちゃん死んじゃう‼」

俺は叫びながら、黒い大湿原の迷宮を駆け抜けた。

またしても、行く手にメタル柴犬が現れた。

けっけっけ、経験値が向こうから現れやがったぜ。

そう思いながら『フィンガースナップLV4』を速攻で当てようとする。

ふと、思いとどまった。黒い樹《き》の陰から人影が現れたのだ。

黒い布を羽織った浮世離れした恰好《かっこう》の男である。

目元はくぼみ、頰はこけ、口元は薄ら笑いを浮かべている。その軽薄で、邪悪な笑顔は、
彼のパーソナリティを言葉より雄弁に語っていた。すなわちこいつは悪党だ。

特徴的なのはその見事なケツ顎だ。なんとなく見覚えがある。

「くっくっく、おじいちゃんだと？　面白い。貴様はあの憐《あわ》れな老人の孫というわけか」

笑い方も邪悪。

「どうやらストレス解消できそうだ」

やることも邪悪だ。

「お前はいったい何者だ。チベットの修行僧みたいな恰好しやがって」

「私か？　私はメタルモンスター研究家とでも名乗っておこうか」

「メタルモンスター研究家……？」

「名は鋼山鉄郎《はがねやまてつろう》という」

メタルモンスターを研究するためだけに生まれてきたような名前しやがって。

「誇り高き血筋、鋼山家の長男にして、一族のなかでも随一の天才よ」

「どうしてその天才さんがこんなところにいるんだ」

「わからないだろうな、貴様のような凡人には。む？　待てよ」

鋼山は綺麗《きれい》に割れたケツ顎に手を当てる。

「貴様、普通にダンジョンに入ってきているな？　なぜだ。探索者でなければ生命活動を維持することすら困難だと言うのに」

え？　そうなの？　初知りなんだが？

「すっとぼけるな。わかったぞ。貴様、さてはダンジョン財団の手先だな？　ショッピングモールでは偶然にも鉢合わせしたと思っていたが、そうではなかったのだ。財団め、こそこそ嗅ぎまわりやがって。くっくっく、そうか、ついにダンジョン財団は我ら『メタル柴犬クラブ』を見つけたか！」

「あの……なんか話が長くなりそうなので、とりあえずメタル柴犬だけ倒していいですか。経験値が欲しいので。時間もないし」

こっちは急いでるんだ。

「馬鹿め、メタルの防御力を知らんな？　並みの攻撃力では傷すらつけられないことを知らんな？　お前ごときが対財団戦術モンスター兵器メタル柴犬を倒せるはずが――――」

――パチンッ

指を鳴らす。軽快な音が響く。メタル柴犬が砕け散る。

「…………え？」

言葉を失う鋼山を横目に、経験値をいただこう。

さあ大量にブッを決めて、気持ちよくなろう。

――と思った瞬間、シマエナガさんがまたしても飛び出した。

鮮やかに飛翔《ひしょう》し、経験値を横取りしていく。しまった。やられた。

「ち～♪」

大変にご満悦な表情だ。あら、まあ、またこんなにふっくらしちゃって。

あーあー。これは完全にやってますね。これは流石《さすが》に厄災だ。

めっ！　そういうの、めっ！　ですよ。

「ば、かな……ありえ……ありえない、私のメタル柴犬の防御を、破るなんて……」

鋼山は見るからに狼狽《ろうばい》して、あとずさる。

あら。このメタル柴犬ってこいつのモンスターだったのかな。

「メタル柴犬の防御力がいくつかは知らないが、俺の指パッチンの方が強いみたいだな」

「何者だ……貴様……何者だ‼」

鋼山は黒衣の懐《ふところ》から拳銃をとりだした。おいおい、まじかよ。

「銃は効かないぞ」

「うるさい黙れッ‼　いいか、この鋼山鉄郎が何者だと訊《き》いているんだッ！　訊かれたことだけに答えればいいんだよ、このタコがッ‼」

だいぶキレてるな。しかし、何者かという問いは抽象的だよな。

出身校とか、出生地とか、アルバイトの経験とか答えればいいわけでもあるまい。家族構成を紹介して「可愛《かわい》い妹のお兄ちゃんだ」と名乗るのも適切じゃない。

訊かれているのは今の俺が何者かということ。

探索者で、ブルジョワで、ゴールド会員で……そうした諸々《もろもろ》の環境からなる俺という存在を端的に表す言葉はあるだろうか。……あったな。あるじゃないか、通り名が。

俺はサングラスの位置を直し、指先にシマエナガさんを乗せ、名乗る。

「俺の名は〝指男〟だ」

「ッ‼」

鋼山の表情が青ざめていく。

膝が笑い、指先は震え、歯がガチガチと不快な音を鳴らす。

「お、おまえ、が……あの、あの噂《うわさ》の指男か……ッ‼」

「お前は敵を間違えた」

とか言ってみたり？　へっへ、ちょっとカッコイイだろう？

「ち、違うんだ……ッ‼　まさか、まさか、あれが、指男の、親族だったなんて、知らなかったんだ……‼」

「あんたが誘拐したような口ぶりだ。いや、したんだろうな。俺の大事な祖父を」

指を鳴らす。鋼山の顔横の樹の幹が破裂し、半ばからへし折れる。

鋼山はさびついた歯車のような動きで、カクカクと首を動かして、すぐ横で無惨《むざん》にも折れた黒樹を見た。腰を抜かし、拳銃が彼の手から滑り落ちる。

指男ってネームバリューあるのね。

琴葉《ことは》も結構知っているようだったし、意外と有名なのかな？

鋼山のやつ、なんかすごいビビッてる。今ならなんでも言うこと聞いてくれそうだ。

よしよし、ならば、俺からの要求は決まっている。

「あんた、メタル柴犬を操れるみたいだな」

「な、なんだ、なにが、望みなんだ、指男……」

「俺の望みは――――」

「ちーちーちー‼」

シマエナガさんが翼で示す先、黒いファイルが出現していた。

「おっと、失礼。デイリーの時間だ」

「……へ？　でいりー？」

ファイルを手に取り、内容を確認する。

【デイリーミッション】毎日コツコツ頑張ろうっ！

『日刊筋トレ：腕立て伏せ　その2』腕立て伏せ　0／1，000

【継続日数】55日目【コツコツランク】ゴールド　倍率5．0倍

オーケー、理解した。さっそく取り組もうか。

「ふんっ、ふんっ、ふんっ」

「……な、なにをしている（なんでいきなり腕立て伏せを……っ、何を考えている⁉）」

「俺は今から1，000回、腕立て伏せをする。終わるまでそこを動くなよ。動いたら、

こうっ！　わかったな？」

「は、はい……（私はなにを見せられているんだ）」

俺は猛烈に腕立て伏せを繰り返した。

【デイリーミッション】毎日コツコツ頑張ろうっ！

『日刊筋トレ：腕立て伏せ　その２』腕立て伏せ　１，０００／１，０００

本日のデイリーミッション達成っ！

【報酬】『先人の知恵Ｂ』×３

【継続日数】56日目【コツコツランク】ゴールド　倍率５・０倍

デイリーミッションを秒殺し。経験値本をぺらぺら流し読みして最速で使う。

これがプロフェッショナル。無駄を省くことに一切の妥協はない。

３

鋼山鉄郎は難解な状況に恐怖していた。

彼は今日という日を呪った。ラーメンを自作するために通っていたショッピングモールでは、財団のエージェントらしき者に見つかり腹パンされるし、気絶から目覚めたと思えば、今度は組織のアジトに侵入者があるというから駆り出されることになった。

その先でまさか不気味な噂の絶えない『指男』に出会うなどとは思ってもいなかったのだ。

（『指男』、未知数なことばかりで、謎の多い人物だという噂は聞いていたが、まさかここまで理解しがたいなんて。こいつの行動の意図がまるで読めない）

指男は突然始めた腕立て伏せを終えると、熱い吐息をブワーッと吐きだした。

激しい運動をしたせいで、汗を大量にかいている。

彼は厚手のコートを脱ぎ、熱く火照《ほて》った肌を晒《さら》した。

筋肉質な腕には血管が浮きあがり、白いシャツは発達した筋肉ですこし張っている。

年始のこの季節は、空気が大変に冷えている。

そんななか、猛烈に１，０００回も腕立てをした。指男が着ていたシャツは汗で濡《ぬ》れ透けてしまい、たくましい筋肉が浮きあがってしまっていたのである。

激しい鍛錬、数々の精神修行、ダンジョン生活。

ストイックな日々は、指男をギリシア彫刻のごとき美しい肉体へ導いていたのである。

ゆえに、この指男、スケベ過ぎる。むわあ。

「さて、話をしようか」

「い、一体なんの話をしようと言うんだ……」

「なんの話って。とぼけるなよ。わかってるんだろう？」

透け白シャツのボタンをひとつずつ外していく指男。

鋼山はその意味を理解する。

(こいつは間違いない。そっちだ。男を喰《く》う男。マッチョなのが証拠だ！)

偏見である。

(このままだとぶち犯される⁉)

「ひいいい‼　頼む、許してくれ、指男‼」

「集められないって言うのか、硬いやつを（訳：メタル柴犬《しばいぬ》、集めろよ）」

指男は流し目をおくる。しぐさがやけに艶《なま》めかしいためか、語弊を生んでしまう。

「『あ？　詰められないって言うのか？　硬いヤツを？』……⁉」

鋼山は震えた。

(やはり、こいつギンギンに硬いのを詰めこんで、俺のことをぶち犯す気だなッ⁉)

語弊は加速していく。

「うちの子が成長したがってるんだよ。ほら見ろ、白くてふっくらしちゃって（訳：シマエナガさんがレベルアップしたがってる）」

「うちの子だと⁉」

鋼山《はがねやま》は戦慄した。

（こいつ自分のイチモツのことを白くてふっくらだと？　黒くてガチガチの間違いだろう！　いったいどんな精神構造をしてるんだ。あぁなんという変態‼）

「じゃないと、どうなるかわかるよな？」

指男は人差し指を掲げるジェスチャーをする。

（私はようやく理解した。指男という異名の意味を。おそらく男子たちを黒くてガチガチの『指（隠語）』で果てさせて、おかしくさせる特殊性癖ゆえについた名前だ！）

とんでもない誤解であった。

「やられてたまるか……俺は鋼山鉄郎《てつろう》だぞ。Ｂ級賞金首にして、懸賞金１，０００万の男‼　メタルモンスター研究家のチカラを見せてやる……相手が指男だろうと私は知力と体力で立ち向かおう‼」

鋼山は注射器をとりだし、躊躇《ちゅうちょ》なく自分の首へと刺した。

注射容器のなかの銀色の液体が、じゅるじゅると音をたてて鋼山の体内へ入っていく。

注射した首のあたりの血管が隆起し、鋼山は苦悶《くもん》の声を漏らした。

「う、うおぉぉおお‼」

これには引き気味の指男。

「なにをしたんだ」

「ははは、これこそ銀色のアルコンの権能、その片鱗《へんりん》よ」

鋼山の皮膚が、首元から広がるように金属質へと変わっていき、光沢をもちはじめる。

「まさか、その薬を使ったらメタル化するとか？」

「大正解だとも、指男‼　ははははっはっ、これはまだ試作品だが、この異常物質《アノマリー》『メタル剤』を使えば、素質に応じて強大な防御力を獲得できるのだ‼　私の場合は、ざっと10万の防御力を手に入れたとみていいだろう‼」

「10万だって？」

「怖気《おじけ》づいたか、指男。そうだろうとも。DEF10万だ。もはや財団のエージェントも、探索者も、まったく恐《こわ》くはないぞ‼」

鋼山はハイテンションでメタルな拳を打ち合わせる。

ガヂンッ、ガヂンッ、と重厚な金属音が響きわたり、火花が散った。

「ここを通りたければ、私を倒していけ。もっともすでに私は完全なるメタル化を完了している。ゆえに指男、お前は私にダメージを与えることすら不──」

「エクスカリバー」

黄金の爆発が鋼山の顔面を襲う。

辺りの空気が熱され、湿地の水辺が蒸発して白い蒸気がジュワーッと広がる。

「こ……こそばゆいっ……まったく効かんな‼（訳：死ぬかと思った）」

鋼山は強気に言いながら、自分のステータスをチラチラ確認して「本当に大丈夫だよな、私のHP減ってね？」と不安になる。

「凄《すさ》まじい攻撃だったぞ、指男。それがお前の全力なのだろう。並みの資源ボスなら一撃で屠《ほふ》るほどの威力だ。お見事だ。生身で受けたら跡形もなく吹き飛んでいたところだ」

指男は黙したまま眉根を寄せる。

それを見て鋼山は得意になる。

「誇るがいい。それほどの高みに到達した探索者は多くないだろう。だから、殺すときは敬意をもって楽に死なせてやる。いくぞ、メタルダッシュ‼」

駆けだす鋼山。メタル化は鈍重になるように思われがちだが、実際は真逆で、めちゃめちゃ敏捷《びんしょう》性が上昇する効果ももつ。

サッと指男に近づき「メタルパンチ‼」と強力な一撃をお見舞いする。

「ははは、ATK600は下らない必殺の拳だ！」

打ち込まれるはメタルの拳。打ち上げるアッパー気味のストレートパンチ。

指男は――――ぺしっと、普通に受け止めた。

「……ぁえ？」

マヌケな声をだす鋼山。IQ3くらいしかなさそうな唖然《あぜん》とした顔を晒す。

鋼山は要注意団体『メタル柴犬クラブ』のなかでも屈指の武闘派だ。その戦闘能力は非常に高い。

しかし、すでに指男は鋼山よりも上のステージに到達していた。

筋力、敏捷、ともに指男の素《す》のステータスが、鋼山のステータスを大きく上回っているのだ。ゆえにメタル化込みでも鋼山では勝負にならない。

「ATK10万のフィンガースナップだったのだが。無効化したか。メタル化、なかなか強力な能力だな。それじゃあ次はもう少し火力強めにいくぞ」

「ぇ？　ちょま、あれ？　もしかして、まだ火力出せる感じです……指男、さん……？」

「140万くらいまでなら経験済みだ」

「ひぇ」

情けない声をだし、青い顔をする鋼山鉄郎。46歳。独身。童貞。

「とりあえず次はＡＴＫ15万くらいで叩《たた》いてみるとするか」

恐ろしい攻撃宣言。鋼山はスッと、メタル化を解除する。

「それ戻れるのかよ」

鋼山は乾いた笑いをうかべ、敗北を悟った。だめだ。これ勝てねえ。――と。

「あの、その……調子乗ってすみませんでした。指男さん、先、行っていいっすよ」

「急に三下ムーヴになったな。だが、まさかとは思うが謝れば済むなんて簡単なわけないよな？　俺はそういう無責任な連中が嫌いなんだ。責任……とってもらおうか」

「せ、責任⁉　ゆ、許してください、なんでもしますから！　あっ……」

「ん？」

「今、なんでもするって」

そっと近づいてくる指男。

後ずさる鋼山は地獄を予感する。

目の前の恐ろしい異常性癖者が、このあと『指（隠語）』で鋼山をいじくり倒し、のたうちまわらせ、精神を破壊することは自明であった。

彼は決断した。人の尊厳を失うくらいならば、今ここで意識を手放そうと。

（ダンジョン財団、恐ろしい連中だ。こんな男を隠していたとはな）

奥歯に仕込んでいた仮死薬をかみ砕く。

直後、泡を吹いて鋼山は気を失った。

4

あえ？　なんか気絶したくさくね？

まじかよ。メタル柴犬を集めてもらおうと思ったのにさ。

責任とれよな。んーとりあえず、これは倒したってことでいいのか。

「おや、この物音は」

どこからともなく足音が近づいてくる。

見やれば大量のメタル柴犬がやってくるではないか。

その数、30体はいる。飼い主が倒されたことで集まってきたということだろうか。

歩く経験値が自分たちから寄ってきてくれた。結果オーライというやつだな。

「これは美味《おい》しそうな経験値だな」

「ちーちー♪」

シマエナガさんも楽しそうだ。

もしやメタル柴犬を倒した際の経験値をいただくつもりなのだろうか。

まあ、でも欲しいって言ってるのに禁止するのは可哀想《かわいそう》だよな。

「経験値、そんなに欲しいんですか、シマエナガさん」

「ちーちー‼」

「わかりました。一応、飼い主は俺なので経験値の配分は８：２でいいですよね？」

成果の８割は俺がもらい、２割だけシマエナガさんにあげよう。

「ちーッ‼」

「それじゃあ、７：３でどうです？」

「ちー‼」

「……６：４？」

「ちー‼　ちー‼」

「………５：５？」

「ち～♪」

「なんだか腑《ふ》に落ちませんけど、とりあえず、エクスカリバー‼」

メタル柴犬はありがたくみんな消し炭に変えさせてもらった。

ピコン！　ピコン！　ピコンピコピコン！

ピコピコピコピコピコピコー！ うおぉ‼ ぎ、ぎもぢいい‼

赤木《あかぎ》英雄《ひでお》【レベル】128（14レベルUP）
【HP】10，852／15，470【MP】1，970／3，220
【スキル】『フィンガースナップLV4』『恐怖症候群LV3』『一撃』『鋼の精神』『確率の時間 コインLV2』
【装備品】『蒼《あお》い血LV3』G4『選ばれし者の証《あかし》』G3『迷宮の攻略家』G4『アドルフェンの聖骸布』G3

めっちゃレベルアップしておる。

シマエナガさん【レベル】18（8レベルUP）
【HP】10／4，920【MP】10／4，023
【スキル】『冒瀆《ぼうとく》の明星』『冒瀆の同盟』

「へっへへ、レベルアップ、レベルアップ……イヒヒ」

山盛りの経験値。ご機嫌な夕食だ。

赤木英雄の成長。14レベル。

【ＨＰ】『１３，３８０』↓『１５，４７０』

【ＭＰ】『２，７９０』↓『３，２２０』

シマエナガさんの成長。８レベル。

【ＨＰ】『１，４２０』↓『４，９２０』

【ＭＰ】『１，８５２』↓『４，０２３』

ステータスもこんなに格段に強くなって。

でも、シマエナガさんのほうが成長率高くね。どういうことよ。

「ち～♪」

ち～じゃないんですけどね。うーん、やはり厄災なのか。

（新しいスキルが解放されました）

今日はいっぱいスキルが増えるな。デイリーをこなす数も経験値も桁違いだからか？

『スーパーメタル特効』

強靱《きょうじん》な盾は厄介な武器である　されど絶対に貫けない守りなど存在しない

15秒間、相手の防御力を50％ダウンさせる　168時間に1度使用可能
【解放条件】防御力10，000を超える敵を範囲攻撃で10体以上同時にキルする

強い。でもね。でもだよ？　クールタイム168時間ってことは『一撃』や『確率の時間　コインLV2』と同じ激重スキルの類いですよね。

もうちょっと使いやすいスキルだったらもっと嬉《うれ》しかった。『スーパーメタル特効』じゃなくて『ちょっとメタル特効』くらいでよかった。貰《もら》えるなら文句は言わないけどさ。

新しいスキルを手に入れ、ご機嫌に湿地帯を進む。

『迷宮の攻略家』のおかげで、迷わず進み、ついに最深部までやってきた。

長かった。ちょっと進んで、デイリーミッションこなしてを繰り返していたものだから、めちゃくちゃ疲れたし。久々に筋肉痛を覚悟しなければならないほど疲弊してる。

最奥《さいおう》のドーム、その一歩手前には、野営地のようなものが敷かれていた。

湿地帯のなかでそこだけ足場が固められており、水位が多少高くなっても沈まないように整地されている。人の手が加わっている証拠だ。

整地された地面のうえには木材で足場が組んである。ダンジョンに自生している怪しげな曲木を伐採して組み上げたのだろう。

足場のうえは人が生活できる空間になっており、コテージ的な建物が何棟も並んでいる。うえへうえへ増築を繰り返された形跡があり、いびつだが趣深い景色だ。

近付いてみると、異質な光景はその性質を変えた。俺の目を引いたのは上方のコテージ群ではなく、地上部分にずらーっと並べられている汚れた寝台だったのだ。

俺は気味悪く思いながらも、野営地のなかへ足を踏み入れた。

寝台のそばには錆《さ》びついた医療器具が載せられた作業台がある。これは人間に使われたものなのか、あるいは他の用途で使われたのか。想像することに抵抗を感じた。

地上部にもいくつか建物があり、俺はうちひとつを窓から覗《のぞ》き込んでみた。室内は薄暗く、人の気配はない。壁一面に濁った液体の入った生物標本の並ぶ木棚があるのだけがうかがえた。

扉を開けて慎重に足を踏み入れる。

「おじいちゃん、いる?」

返事はない。

奥の扉も調べてみよう。

ひとつ目の部屋よりも遥《はる》かに不気味なものがそこにあった。

巨大な水槽があったのだ。円柱状の分厚い硝子《ガラス》の水槽で、なかにはメタリックな骸骨がホルマリン漬け（※適当）にされている。骨格標本だ。人間ではない。怪物のものだ。身長が3m近くある。骨太でやたら強そうだ。もし生きていたとしたらさぞ恐ろしい怪物であることは間違いない。

これもメタルモンスターだったのだろうか。

なにやら資料が開きっぱなしにされていたので、視線を落とす。

「聖体。検体番号0。『メタルの機兵』……骨髄液を抽出ののち、製剤を患者へ……」

難しいことが書かれてる。たぶん恐《こわ》いことだ。長くなりそうだったので読むのをすぐにやめた。いまはおじいちゃんを探さないと。

「ちーちーちー」

シマエナガさんは声をひそめて静かに鳴いた。誰かがくると言っている。

俺はさっと扉の陰に隠れる。ひとつ目の部屋に人が入ってきた。

怪しげな男だ。黒い布に身を包んでいる。不気味な棚をあれやこれや探っている。

一言で表すなら、いにしえの闇堕《やみお》ち僧侶系ヴィランと言ったところか。

彼は棚から銀色の液体がはいった瓶を見つけ、両手で大事そうに持って部屋をでていった。静かにあとを追いかける。

怪しげな男は汚れた寝台のひとつに近づいて、寝台のうえで横になっている柴犬《しばいぬ》へ、汚れた注射器で銀色の液体を注入していた。

「わん、わふん、わふん‼」

柴犬は痙攣《けいれん》しだし、食パンみたいな見た目からみるみるうちに、艶々したメタルへ変身してしまった。

鋼山《はがねやま》がそうであったように、ここにいる怪しげな者たちはメタルの探求者ということか。

探求の成果として、彼らはメタルじゃないものをメタルにする術《すべ》を見出《みいだ》した。

つまりメタル柴犬は、ここの悪党たちが作りだした改造モンスターだったのだ。

「でも、メタルモンスターをいっぱい作ってくれたら経験値がたくさん手に入るんじゃ」

「ちーちーッ‼」

「痛っ、いたた!、し、シマエナガさん、すみません、俺が間違ってました」

「ちーッ‼　ちーちーちー‼」

「忘れてないです、おじいちゃんを探さないとですよね⁉　おじいちゃーんどこーッ‼」

「だれだそこで騒いでいるやつは‼」

しまった。バレた。こんな呆気《あっけ》なくバレるなんて一生の不覚だ。

「貴様、何者だ」

「先ほど反応のあった侵入者じゃないのか」

「だが、そいつは鋼山が迎撃に出たはずだ」

「まさか鋼山が負けたのか……？　我らの同志をどうした、答えろ貴様」

ぞろぞろ奥から悪党どもが出てくる。

物怖《ものお》じせず、堂々と対処してみせよう。

俺はサングラスの位置を直し、コートを翻《ひるがえ》し、シマエナガさんを指先に乗せて告げる。

「俺は指男。鋼山ならくたばった。お前たちも死人になりたいか」

「だにい？　あの鋼山をくだすほどの実力者というわけか」

「ならば最強メタルモンスターで破砕するまでよ。出てこい、我らが誇りし対ダンジョン財団決戦モンスター、メタル柴犬どもよ‼　この侵入者に威容を見せてやれ‼」

奥の方から軽やかなステップでソイツはやってくる。

俺の腰ほどの高さのメタル柴犬が現れた。これまでに比べて遥かに大きい個体だ。

「はは、こいつは14階層のダンジョン柴犬を改造して作った特別なメタル柴犬。その名もメタル柴犬ハイエンドだ！　今まで貴様が相手にしてきた一般柴犬とは戦力が違うぞ」

「ほう、美味《おい》しそうだな」

「あいつ、俺たちを見て、美味しそうと言ったぞ。まさか、ソッチなのか……？」

「よく見たらマッチョじゃないか。シャツも濡《ぬ》れ透けだ。間違いない……」

「ヤられる前にやってしまえ。ゆけ、メタル柴犬ハイエンド‼」

大きなメタル柴犬は、広間に整然とならぶ寝台をひっくりかえし、物凄《ものすご》い速度でせまってくる。

俺はATK5万の指パッチンを放った。

湿地帯に轟音《ごうおん》が響いた。黄金の波動が弾《はじ》け、頭上のコテージ群が余波で崩れ落ちる。

しかし、メタル柴犬ハイエンドは止まらない。

速い。メタル鋼山の時も思ったが、メタルは硬さより、速さのほうが厄介かもしれない。

メタル柴犬ハイエンドのタックル。

俺は前方ヤクザキックで鼻頭を踏みつけて押さえ、逆に押しかえす。

「きゃいん！」

「「「うわああ‼　こっちに跳ね返ってくるぅ‼」」」

「5万で効かないなら10……いや、15万で消し炭にする」

指を鳴らす。

大爆発と熱風が立体空間を襲った。

激しい揺れで上層のコテージが総崩れしはじめる。

ピコンピコン！　レベルアップの音が聞こえた。

うえからいろいろ降ってくるせいで視界が利《き》かない。

ピコピコと聞こえた。メタル柴犬ハイエンドを倒せたという証《あかし》だろう。

「ち～♪」

シマエナガさんの喜ぶ声。これは俺の経験値をパクッたという証だろう。

「バケモノ、だ」

「ありえない……ありえてはいけない、なんだあの破壊スキルは？」

「これが、噂《うわさ》に聞く指男の、実力か……」

「はは、ははは、掲示板で聞いた以上の戦力じゃないか」

怪しげな男たちは戦意喪失して膝から崩れ落ちた。

敵はもういないか。戦闘が終わったら、お注射をしておこう。

『蒼《あお》い血ＬＶ３』を刺しますよっと。

「指男め、あんな怪しげな液体を体内に」

お前たちに言われたくはない。

「あれは違法ドーピング？」

「見ろ、あの恍惚《こうこつ》とした表情、中毒者だ、やつは薬物中毒になっている」

誰が中毒者やねん。

（新しいスキルが解放されました）

またですか。今回は本当にすごいな。これで3つ目だぞ。

『蒼い胎動』
人ならざる者の血を受け入れた証　新しい命があなたの中でめぐっている
10秒ごとにHPを1回復する
【解放条件】『蒼い血』に侵される

訂正。薬物中毒者だったかもしれない。

「ちーちーちー」

「シマエナガさんも結構ふっくらされましたね」

こんなに大きくなって。白くてふわふわで。けしからん。

「ち～ち～♪」

「こんなにふっくらしてしまっては、もう胸ポケットには入れませんね」

「ちぃ……」

怪しい男たちへ詰め寄る。おじいちゃんの居場所を聞きださないと。

「指男、想像以上だ」

「我らのメタル柴犬ハイエンドをああもたやすく打倒するとは」

「財団の魔の手から世界を解き放つ崇高な理念が」

「銀色のダンジョン解放は本家に託すほかあるまい、私たちはここまでだ……」

「アララギの支援まで受けて長年準備に費やしたと言うのにな」

「悲劇だ、これを悲劇と呼ばずになんという」

なんかお通夜《つや》ムードです。大人の男たちが揃《そろ》って反省会しとります。

「まあいい。とりあえずお前たちみんな縛っちゃおうか」

「「「し、縛る⁉　まさか亀のように縛ると言うのか⁉」」」

恐れおののく怪しげな男たちを、俺は手早くロープで縛りあげた。

縛る時にめっちゃ暴れられたので、なんだか亀みたいに縛ってしまったけど、まあ、動けなくなっているなら問題はないよね。

てか、こいつら絶対財団の敵対組織だよ。修羅道《しゅらどう》さんに突き出してやらねば。

「このダンジョンはなんなんだ。どうして時間がこんなに速く進むんだ」

「ここは財団から身を隠すためのタイムカプセルさ」

「タイムカプセルだと？」

「小学校の頃に校庭に埋めたものとか覚えてるか？」

まったく覚えてないな。

「それと同じさ。長い期間、意識が向かないものは大抵はどうでもよくなる。忘れた頃に出てきても、その頃には関心なんてなくなってるものさ。……我々はダンジョン財団の注意を惹《ひ》きすぎた。間一髪のところでこのタイムカプセルのなかに逃げこみ、そして潜伏することでやつらのマークを外したんだ」

ダンジョン内で30分前後経過すると、外では1日が経過する。

ダンジョン内で1日経過すると、外では1ヶ月半経過する。

そうやって、こいつらは自分たちの忍耐力の許すかぎり、この陰鬱で、住むにはとても適さないダンジョン内で時間をスキップしようとしたわけか。

「私たちにとってはわずか1ヶ月でも、財団にとっては数年だ。追跡する側と、追跡される側、このダンジョン内にいるかぎりその鬼ごっこに必ず勝利できるのさ」

狡猾《こうかつ》なやつらだ。こんなやつらを取り締まるのは苦労しそうだな。

「まあだいたいわかったぜ。ところでお前たち、どうしておじいちゃんを誘拐したんだ」

「日夜、我々は崇高な目的のために研究に励み、心身を削っているのだ。数少ない楽しみはたまに食べる家系ラーメンだけ。それだけを活力に頑張っている我らが、いざアジトを出ようとすると、あのじじいに箒《ほうき》で叩《たた》き戻されるのだ‼　お前にはわかるまい、この屈辱のほどが……ッ‼」

意外とわかる理由だった。それはたしかにちょっと同情できる。

「まあ理由はわかった。とりあえず、おじいちゃんを返してもらおうか」

「英雄《ひでお》、英雄か、そこにいるのか」

「あれ？　おじいちゃん？」

崩れたコテージのひとつから声が聞こえてきた。

この声は……やべ、おじいちゃんコテージに監禁されてたのかよ。

「おじいちゃーん、おじいちゃんどこーッ‼」

「こっちだ、英雄」

瓦礫《がれき》を押しのけて、おじいちゃんが姿を現した。

意外と平気そうじゃないか。昼の剣道でまだまだ元気なのは知っていたが、いやあ、よかったよかった。20mくらいの高さから落下したくらいじゃ怪我《けが》はしないのね。

「よかったよ、無事で、おじいちゃ――――」

駆《か》け寄ろうとして、俺は足を止めた。

「英雄、無事だったか」

「……」

「ん？　どうしたんだ」

「……。おじいちゃんのほうこそ、ソレどうしたの」

「ああ、これか？　やつらにおかしな注射をされてな。そしたらこうなっていたんだ」

俺の祖父は変わり果てた姿になっていた。

全身が艶々していて、金属光沢があり、叩けば音が響くような質感だ。

なんということだ。これではメタルおじいちゃんではないか。

5

「おじいちゃん、そんな姿になって……俺が遅かったばかりに」

「そんな顔するな。大したことじゃない」

いや、大したことだよ‼

「全身メタル化を大したことじゃない扱いしちゃだめだって」

「歳《とし》をとってからすっかり身体《からだ》が弱くなってしまったが、いまは以前より身体の調子がいい。ちょっと艶々してて硬くなったが、おかげでパワーもみなぎるんだ」

そう言って、祖父は拳で壁に穴を空けた。

パワーみなぎりすぎでは？

「それじゃあ帰るか、英雄。そろそろ夕飯のカニ鍋をばあさんが作ってくれている頃合だ。正月といえばカニ鍋だ。カニ鍋はいいぞ」

この人タフすぎん？　まずは病院行こ？

「とりあえず、おじいちゃん、帰る前に、一応一本電話を入れとこうよ」

「カニ鍋」

カニ鍋食べたすぎてカニ鍋BOTになっちゃった。

「俺のスマホ見なかった？　大事なものなんだけど」

「スマホか。あのボタンのないケータイだろう？　さっき見かけた気がするな」

悪党たちの私物をあさる。スマホは見つからない。

待てよ。そういえば、俺のスマホやおじいちゃんをダンジョンに引き込んだのは、邪悪な触手のようなものだったような気がする。あの腕は一体……？

「指男‼　貴様の私物はこちらだ‼」

振り返ると、悪そうな顔した男がニヤニヤ笑みをうかべて、勝ち誇った風にスマホを掲

げている。

「俺のスマホ返せ‼」

「断る‼」

颯爽《さっそう》と奥へと逃げていくではないか。人のスマホを盗むなんて最悪なやつだ。

「おじいちゃん、ここにいて。あの不届き者をぶちのめしてくるから」

「敵ならぶちのめす。これはお前の戦いだ。わしはここで帰りを待つとしよう。気をつけて行ってこいよ」

「ありがとう、おじいちゃん。シマエナガさん行きますよ‼」

男を追いかけてダンジョンの奥へ。サングラスに3Dマップを表示する。

この奥は——例の広い空間、おおきなドームになっている場所だ。

通路の先で、悪い笑みを浮かべたやつが、黒い門の向こうへ入っていくのが見えた。

錆《さ》びついた、重厚な黒扉だ。見覚えがある。資源ボスの部屋がたしかこんな感じだった。

扉はほんのりと白い霧で包まれている。

霧には白い文字で『ダンジョンボス：黒沼に堆積する悪意』と書かれている。

文字をなぞる。純潔の白文字が黒く染まっていく。墨汁を牛乳に溢《こぼ》したかのように、徐々にどす黒い暗黒に侵食されていき、やがて完全に黒く染まると、門を封印していた霧が晴れて中に入れるようになる。

肩のシマエナガさんは「ちー」と緊張感のある声で鳴いた。

俺たちは互いにうなずき合う。黒鉄《くろがね》の門を押し開いた。

扉の向こう側は３Ｄマップの表示の通りに巨大なドーム状の空間になっていた。

経年劣化によって、繁栄した文明が崩壊し、今まさに、沼の底に沈み、秘密を抱いて消えようとしているかのようだ。古代の闘技場とでも形容するのが適切だろうか。見渡すかぎり暗い沼のなかに沈んでおり、上には暗く陰鬱な曇り空が広がる。

俺はぬかるんだ沼を一歩、また一歩と進んでいく。

何歩と進まないうちに異変が起こった。

沼地の真ん中――ドーム空間の真ん中へ、天から光が注ぎはじめたのだ。

分厚い雲の切れ間からそそぐ光が照らしだすのは、醜悪であった。

光を浴び堂々と鎮座するそいつは、触腕をたずさえた巨大な怪物だった。

タコのようであるが触腕は８本よりずっと多い。触腕はそれぞれウネウネと蠢《うごめ》いていた。

よく見れば怪物の触腕が海洋生物のもつような艶々した腕ではなく、より恐ろしい、溶けてふやけた人骨と肉が束になったものだとわかる。

沼の底に堆積した遺体と暗い情念が、触腕の怪物となって具現化したかのようだ。

ダンジョン入り口でおじいちゃんを引き込んだのは、この邪悪な触腕だったのだろう。

『黒沼に堆積する悪意』。字面《じづら》そのままのおぞましい怪物らしい。

「お前が悪いんだぞ、指男。我らメタル柴犬《しばいぬ》クラブは、崇高な聖戦に挑もうとしていたのに……あとすこしだと言うのに、お前が邪魔をしたんだ」

「先に迷惑をかけたのはそっちだろう。逆恨みをされちゃあ困る」

「うるさい。財団から身を隠すためにわざわざこんな窮屈な沼地での生活を強《し》いられているというのに、お前のせいでめちゃくちゃだ‼　お前を生きて帰せばここまでの苦労が水の泡になってしまう」

「そうだな。俺がここを出ればお前たちをダンジョン財団につきだす」

「ははは、嘘《うそ》でも私たちのことを黙っていると言えばいいものを。正直なやつめ。ではやはり、お前は恐ろしい最期《さいご》を迎えることになるな。この沼地がお前の墓場だ」

男は拳銃を取りだした。シリンダーがついている古めかしい回転式拳銃だ。

「我々のメタルモンスター研究はすでに完成している」

「そんなちいさなリボルバーで俺を倒せるとでも？」

「思っていないさ、指男。これはお前を撃つためのものじゃあない」

じゃあ一体なにを撃つ？

「指男、お前が強いのはわかる。だが、このダンジョンボスだけは倒すことなど不可能だ。そして、外に連絡さえされなければ、我らの聖戦はつづく」

男はスマホをとりだし、それへ銃口を突きつけた。

「あっ、俺のスマートフォン」

「お前のスマホを私が押さえている限りこちらは優勢というわけだ」

「ぐぬぬ、卑怯《ひきょう》な手を。俺のスマホがなにをしたって言うんだ。これ以上罪を重ねるな」

「では、指男よ、お前がこの怪物を倒せたら、返してやるとしよう。もっともお前が勝利する確率は０％だがな」

リボルバー拳銃の銃口が怪物へ向いた。

「ここがお前の墓場だ」

炸裂《さくれつ》音が響き、火薬の爆《は》ぜる音とともに、怪物に銃弾が撃ち込まれ、蒼《あお》い血が噴きでた。

撃たれた傷口を中心に、銀色になっていき、金属光沢が広がっていく。

これはまさかメタル化？　メタルおじいちゃんに次はメタル触手プレイ？

「まさか、その異常物質《アノマリー》で撃たれたものはなんでもメタル化するとかじゃないよな」

「大正解だ、指男。最新の『メタル剤』をいま撃ち込んだ。このダンジョンボスのポテンシャルならば、理論上ＤＥＦ１００万の付与が可能だ‼」

え？　まじ？　１００万はやべえな。

「そして『黒沼に堆積する悪意』はダンジョンボスだ。ＨＰは驚異の３，７００万ッ‼」

「３，７００万……？」

血の気が引いていく音が聞こえた。スーッという涼しい音だ。

防御力10万の鋼山《はがねやま》は俺の指パッチンを完全無効化していた。

防御力と攻撃力は単純な引き算に近い関係だと考えられる。

つまり、防御力１００万とは、こちらが叩きだした攻撃力を１００万ダメージ分はカットするってことになる。『メタル剤』強すぎでは。禁止だろ。余裕でレギュレーション違反。

ＡＴＫ１００万以上じゃないとダメージすら通らねえってどうなっとるんじゃい。ていうか、それ以前にＨＰ３，７００万も訳わからねえ。流石《さすが》はダンジョンボスってことか。もはや、他のモンスターとは比べ物にならない耐久力だな。次元が違う。

ひとりで挑むにはアホらしいほどに途方もないバケモノだ。

「貴様はここで終わるのだ。はっは、いっひゃひゃひゃひゃひゃ！　あーはあははははっ‼」

男は高笑いしながら、触腕の怪物の裏に隠れた。

卑怯なやつめ。俺は指を鳴らして攻撃しようとし――瞬間、長大な触腕が、直上からふってきた。直径３ｍ、長さ80ｍほどのド級の触腕だ。

俺は回避しようとし――失敗した。沼地に膝下まで浸《つ》かった状態ではまともに動くことができなかった。

巨大質量に叩《たた》き潰された。即死。そう思ったが、意外と生きていた。

首の骨が折れるかと思った衝撃だったけど。

沼の泥水を全身に被《かぶ》ってどろどろに汚れたけど。

生きてはいる。レベルアップしていたおかげだろうか。

「ステータス……」

ＨＰを確認すると『【ＨＰ】１０，００９／１５，４７０』と表示されていた。

自分のＨＰがいくつだったか覚えてはいないが、ざっくり計算して１，０００くらいは喰《く》らったか。『アドルフェンの聖骸布』で物理ダメージカットしてこの損失か。しんどいな。

久しぶりに思い出す。群馬で戦ったあの恐ろしい鳥のバケモノを。

もう一度、触腕がふりおろされる。モグラ叩きみたいに、真上から潰された。

クソ痛い。首が折れそうだ、てか、攻撃の間隔が地味に短いな。

ステータスの数字の変化を観察する。

『【HP】１０，００９／１５，４７０』

↓

『【HP】９，０８１／１５，４７０』

当たり所次第だが、やはり1，０００前後は喰らうか。よくないな。

クソな要素がいまのところふたつある。

ひとつ目はこのフィールド。泥に足を取られて、避《よ》けられない。回避を禁止させられている。こんなボス戦いやだ。次回のアプデで仕様変更してほしいくらいだ。

ふたつ目は言わずもがな敵のボスのメタル装甲。防御力１００万ってなんだよ。こっちが一所懸命に攻撃しても0ダメージしか出ないんだろ。これもアプデを期待したい。

ダメージレースに付き合ったら、弾薬&HPを全部持ってかれる。

攻撃を受けるだけ、俺の火力は失われる。時間をかけるほど不利になる。

今が最も勝てる可能性が高い。1秒後でもなく、2秒後でもない。今この瞬間だ。

ちまちましたダメージでは意味はない。１００万以下のダメージはメタルのせいで全無効だ。だったら、やることはもうわかっている。

俺がするべきは一撃速攻。メタルを上回る最大最強の攻撃ですべてを焼き尽くすのだ。

「シマエナガさん、力を貸してくれますか？」

「ち～‼」

シマエナガさんに新スキルを使ってもらわねばこの状況を突破できない。

『冒瀆《ぼうとく》の同盟』

世界への忠告　冒瀆的怪物は同盟者を見つけた　同盟者の全ステータスを４００％強化

７２０時間に１度使用可能　ＭＰ１０，０００でクールタイムを解決

シマエナガさんが俺の頭に舞い降り、ちいさな羽でペチペチとつむじを叩きだした。

身体の底から力が湧き出てきた。同時にどす黒いオーラも溢《あふ》れてくる。これ俺が出してるんじゃなくて、シマエナガさんの背後から漏れ出てる。可愛《かわい》らしいモーションとは裏腹にエフェクトが邪悪すぎるのなんとかなりませんかね。

「ちーちー‼」

「鼓舞してくれてるんです？　ははは、そうですよね、俺たちならできますよね」

敵はダンジョンボス。遥《はる》かに巨大で、遥かに強大。

だが、何とかなる。俺たちならこのとてつもない試練も乗り越えられるはずだ。

シマエナガさんのスーパースキルにより、俺の全ステータスは４００％強化された。

俺が戦闘に使うステータスはHPのみ。

HPが400％強化されるということは、つまりは元と合わせて5倍ということだ。

『【HP】9，081／77，350』

ステータスを確認して最大HPが5倍になっていることを確認する。

『蒼い血LV3』にMPを装填して体力を全回復させる。注射器の【転換レート】MP1：HP40に従えば残りの『【MP】1，970』を消費すれば体力を上限いっぱいまで回復することができるはずだ。

『【HP】9，081／77，350』

←『蒼い血LV3』で回復
『【HP】77，350／77，350』

よし、これでいい。

シマエナガさんの蘇生《そせい》スキル『冒瀆の明星』は前回の群馬ダンジョンからクールタイムが終わっていない。もう死んでも生き返れるなんて甘えは許されない。

余裕を加味すれば、弾薬として使えるHPは7万5千といったところか。

すべてを『フィンガースナップLV4』の【転換レート】ATK100：HP1で計算すれば……現在放てる理論最大火力は7万5千×100の『ATK750万』だ。

スキル『一撃』を使っても、倍の『ATK1，500万』が限界、か。
足りない、まだまだ足りない。敵のHPは3，700万。
遠い。あまりにも遠い。ダンジョンボスをひとりで倒すというのは、不可能なのか？
「ちーちーちー‼」
シマエナガさん……諦めるなって言っている気がする。
そうだ。そうだよな。こんなところで諦めるなんて俺らしくない。
俺にはまだスキルがあったはずだ。苦難の果てに獲得したスキルが。
『確率の時間　コインLV２』――これが大いに役立つはずだ。

『確率の時間　コインLV２』
50％の確率に身を委ねるのは愚かなことだ　しかし　その心配はもう必要なくなった
コイントスを行い　結果に参照し次の効果を付与する
表面　全ステータス５分間　40％強化　次の攻撃ダメージを２・５倍にする
裏面　全ステータス１６８時間　１００％弱体化　HPとMPを１にする
１６８時間に１度使用可能

沼にハマり、触腕にモグラ叩きされながら極限の状態でのコイントス。

再び黒くて太い触腕が落ちてくる。ん？　シマエナガさん、なに持ってるんですか？

「待てぇえい！」

俺は叫んだ。

「……は？　え？」

男は困惑した声をだして固まる。ダンジョンボスもピタッと動きを止めた。

気が付いたらシマエナガさんが咥《くわ》えていた黒いファイルを持ちあげる。

「おっと、デイリーミッションの時間だ。タイムアウトだ。すこし待ってもらおうか」

「なんだと？」

「デイリーミッションの時間だ。聞こえなかったのか」

俺は両手を頭の後ろにまわして、スクワットを始める。ひとつひとつの動作を丁寧に。

確実に筋肉に負荷をかける。そうじゃないとデイリーミッションが進まない。

男はしどろもどろになって「俺は待てばいいのか……？」と困惑した声をだす。

「人がデイリーミッションやってる時に攻撃をしかけるのはマナー違反だろうが」

「え？　ぁ、はい」

「いいから待ってろ」

やれやれ、マナーがなってない。

スクワット1，000回。シマエナガさんを頭のうえに乗せた状態で続ける。

男と黒い触腕はデイリーミッションが終わるまで待ってくれた。

「もうそろそろいいか、指男？」

「よし、いいだろう。デイリー達成だ。……それでなんの話だったっけ」

「あー……状況的にお前には勝ち目がないって話だ。ほらこの触腕で攻撃し続けるだろう？　お前の攻撃はこっちには届かないっていう……やつだ」

ぽんっと手を打って「ああ、そんな話だったな」と俺は思いだす。

そうそう、『確率の時間　コインLV2』をやろうとしてたんだ。すっかり忘れてた。

「よし、いいぞ、再開しよう」

「よぉし。いけえい、ダンジョンボスよ、指男を滅ぼせッ‼」

モグラ叩きが再び始まった。なんという逆境だ。この状況でコイントスをしろと？

だが、俺はすでに1／2の確率ごときに慄《おのの》くことはない。そんな確率遥か昔に乗り越えている。この俺に——指男に不可能はないのだ。

指で硬貨をはじく。クルクル宙を回転しながら落ちてくる。空に舞うコインが描く運命は——当然、表だ。指男は偶然には頼らない。必然の勝利を掴《つか》んでみせる。

スキル『確率の時間　コインLV2』が発動した。

1，500万ダメージ×2・5倍＝3，750万
次の一撃に限り、俺は『ATK3，750万』を放つことができる。

よし、いけるッ‼

「おい、そこのスマホ泥棒」

「はは、どうした、指男、降参かね？　いまなら命だけは救ってやらないことはない」

「お前の慈悲をもらうつもりはない。これは宣告だ。俺は今からATK3，750万の火力で、あんたのご自慢のそのタコ野郎を吹き飛ばすという死刑宣告だ」

「…………え？　いやいやいやいや、無理……だよな、うん、無理だ。無理に決まってる。3，700万超えの火力？　できるわけがない……不可能だ、絶対に、絶対に無理だ。どれだけ強力なスキルを用意しても……」

狙いを定めて指に力をこめる。

指が動かない。擦り合わせることができない。ビクともしない。固すぎる。

前回、群馬で白い鳥と戦った時もそうだった。より強力なフィンガースナップをおこなおうとするほどに、俺は指を強く擦り合わせないといけない。

今回は一撃でATK3，750万を出そうというのだ。史上最強の指パッチンなのだ。

この固さ、不可能にさえ思える。諦めてしまいたくなる。

だが、俺は今日までやり遂げたはずだ。

デイリーミッションの仕掛けてくる数多《あまた》の無理難題を乗り越えて、理不尽を克服して、そのすべてを踏破してここにいる。ならば、可能だ。できないわけがない。

俺にはできる。できる、できるっ、できる！　できる‼　できるっ‼　できるパワーァア‼

「うぉおおお！」

脳内で「エクスカリバー‼」とか「パワー‼」とか、コインを弾《はじ》く音が混ざりあう。

額の傷をみんなに見せつけて痛ましい眼差《まなざ》しを向けられる情景や、警察官に職質されたり、不審者として通報された記憶も蘇《よみがえ》る。そうだ。あの日々が俺を強くした。

まわりの空気が変わった。湿った泥沼が俺の周りだけ蒸発しはじめ、ドーム空間に稲妻が轟《とどろ》き、黄金の火花がパチパチッと音を立てはじめる。

風化した闘技場が揺れはじめ、俺の指が少しずつ動く。

親指の腹と、中指の腹、その隙間から眩《まばゆ》い輝きが、チリチリッと溢れだした。

「嘘《うそ》だろ、嘘だよな、流石《さすが》に指男と言えど、３，７００万超えのダメージなんて……ホラに決まっている‼」

「エクスッ‼」

「ま、待てぇえい‼　め、めた、メタル装甲があるのを忘れたのかッ‼　勝てないんだ‼

お前は勝てない、どんな凄《すご》い技を出そうと、探索者ひとりで倒せるわけがないッ‼　ダンジョンボスだぞ⁉　数十人、時には１００人を超える探索者が束になってようやく倒せる、そういう次元のモンスターなんだぞ‼」

　直前になってハッとする。

「あんたの言う通りだ」

「ホッ……思い直してくれたか」

「メタル装甲があるんだったな」

「え？」

　こいつのＨＰは３，７００万と言っていた。

　次に出す俺の『フィンガースナップＬＶ４』のＡＴＫは３，７５０万。

　メタルの防御力で１００万防がれたら倒せない可能性が高い。

　危ないところだった。これを使っておこう。


『スーパーメタル特効』

強靭《きょうじん》な盾は厄介な武器である　されど絶対に貫けない守りなど存在しない
15秒間、相手の防御力を50%ダウンさせる　168時間に1度使用可能

「よし。これでそこのタコ野郎の防御力は50万ダウンして、50万になったはずだ」

「あれぇ!?　なんかうちのボスのメタルがポロポロ剝がれている!?」

「では改めまして――――エクスッ‼」

「や、やめろォォォオオ‼」

「カリバーァァアアッ‼」

パチンッ――その音は、破滅の指揮者。万物を破壊し尽くす必滅の召喚音。

ドームの真ん中に火球が発生する。地球上のどんな物質もこの熱には耐えられない。原初の破壊は視界に映る一切合切を焼き尽くし恐ろしい怪物すら破砕する。

耳鳴りがする。視界が真っ白だ。熱風に身体《からだ》を焼かれている気がする。

すべての感覚が、白と熱に侵されて無に還《かえ》った。

6

視界が晴れるとあたりの泥は干上がっていた。

カピカピに乾き焼けた大地に俺は寝ていた。音が少しずつ耳に戻ってくる。

爆心地はクレーターとなっていた。ドームの直径とほぼ等しいサイズのクレーターだ。

俺はクレーターの端っこにいた。中心を見下ろす。

俺は落胆した。ソレの生存が確かなものへと変わっていったからだ。

「ダメだったか」

「ち、ちー……」

クレーターの底、溶岩の海のなか、焼け爛《ただ》れながら蠢《うごめ》くダンジョンボスがいた。

スマホ泥棒は半身を黒焦げにしながら、メタルモンスターの生存に歓喜の声をあげた。

「よっしゃあ……やったぞ、持ちこたえた‼」

だめだったか。惜しいところまではいけたと思うんだけどな。

「死ぬかと思ったぞ、指男。残念だったな。３，７００万のＨＰを削れば倒せると言ったが、この私に蘇生《そせい》を可能にする異常物質《アノマリー》があるとは言っていなかったな。アララギから買った奥の手の奥の手、本当の最終手段。私にそれを使わせただけでも勲章ものだぞ」

蘇生だと……そうだった、その可能性も、あるのか。

すべてを出し尽くしたのに倒せなかった。流石におしまいだ。詰みである。

「英雄《ひでお》、こんなところにいたのか」

「え？　あ。おじいちゃん。いつの間に」

「孫の危機を感じてな。メタルダッシュで駆け付けたぞ」

たぶんメタルは関係ない。

「うお。なんだ、あの妖怪は」

「おじいちゃんをここへ引き込んだやつだよ。たぶん」

「なるほど。たしかにうねうねしてるな」

「おじいちゃん、俺はやっぱダメなやつだよ。ここ一番でキメ切れなかったや」

「そうか。まあ、誰でも失敗はあるものだ。またやり直せばいい」

「でも、もう無理なんだ。今ので全部使い切ったんだよ。やり直しは利《き》かないんだ」

「そうか。だがな、失敗は悪いことではない。英雄、お前はえらい。チャレンジしたのだろう。ならえらい」

「おじいちゃん……」

「若い者が失敗を恐れるな。ただ挑戦すればいいんだ。取り返しのつかない失敗をした時になんとかするのは——年寄りの仕事だ」

なんてかっこいいんだ。おじいちゃん。そうか。おじいちゃんは剣術の達人だ。

きっと赤木家《あかぎ》に伝わる一子相伝の秘奥義《ひおうぎ》とかでなんとかしてくれるんだ。

「よっこらせと」

どこからともなくロケットランチャーを取り出すおじいちゃん。

肩に担《かつ》いで、構えて、狙いをつける。

いや、剣使わんのかい。

「孫が世話になったな、冥途の土産にもってけ――メタルロケットランチャー‼」

たぶんメタルは関係ない。

発射。ダンジョンボスに命中。大爆発を起こす。

「はっはは、バカめ、ロケットランチャーだと？　そんな通常兵装でダンジョンモンスターを傷つけられるわけがない‼　それにこいつにはメタル装甲が――」

ダンジョンボスが砕け散る。うなり声をあげて崩壊していく。

「ッ⁉　ば、ばかな⁉　ありえない、なんで通常兵装なんかで⁉　うわぁああ‼」

スマホ泥棒はボスに押し潰され、猛熱に焼かれ、断末魔の声を響き渡らせた。

「あ、ありがとう、おじいちゃん」

「気にするな」

「それよく使い方わかったね」

「ゾンビゲームでもボスにとどめを刺す時はいつもこれだからな。お決まりってやつだ」

「それどこから持ってきたの？」

「ロケットランチャーのことか？　さっきの野営地で見つけたんだ。ほかにもかっこいい銃器がたくさんあったぞ」

「へえ、そうなの……」

「こやつら戦争でもする気だったのかもな。英雄も欲しいなら持ってきてやるぞ」

「いや、いらないや」

「そうか。わしはひとつ持って帰るとしよう」

「おじいちゃん、まさか戦争でもする気？」

「かっこいいから仏壇に飾る」

発想が斜め上すぎるだろう。

「ちーちーちー」

ボスを倒したことで光の粒子が集まってくる。

ピコンピコンピコンピコンピコンピコン！

ひゃっはー‼　最高に気持ちがいい。やっぱこれだよなァ‼

赤木英雄【レベル】１４０（12レベルＵＰ）
【ＨＰ】52／20，470【ＭＰ】１７０／３，９１０
【スキル】『フィンガースナップＬＶ４』『恐怖症候群ＬＶ３』『一撃ＬＶ６』『鋼の精神』
『確率の時間　コインＬＶ２』『スーパーメタル特効ＬＶ６』『蒼《あお》い胎動』『黒沼の断絶者』
【装備品】『蒼い血ＬＶ３』Ｇ４『選ばれし者の証《あかし》』Ｇ３『迷宮の攻略家』Ｇ４
『アドルフェンの聖骸布』Ｇ３

素晴らしい。レベル１４０まできた。ＨＰは２万を超え、ＭＰも４，０００近いじゃないか。ダンジョンボス流石だな。すごい経験値じゃあないか。

気のせいかやたらスキル欄が分厚くなったような気がする。

あれ、待ってくださいよ。あれあれあれ、おかしいですね。

あれ、あれ、こうしてこうして、こうだから。あれ、あれ、おかしいですよ、ひゃー。

『一撃』が『一撃ＬＶ６』にメガシンカしてるじゃないですか。

もしかしてダンジョンボスをやったから？　どれどれ。詳細を確認っと。

『一撃LV6』
強敵をほふることは容易なことではない　ただ一度の攻撃によるものなら尚更《なおさら》だ
最終的に算出されたダメージを4・5倍にする。168時間に1度使用可能
【解放条件】3，000万以上のダメージを出して一撃でキルする

ひゃー。なるほど。LV2とかLV3とか、途中にたくさんあったんだろうけど、全部すっとばして大人の階段一気に駆け上がっちゃったわけね。H2Oってますね。4・5倍って凄くね。最強じゃないこれ？　理論最大火力また更新したな。
ちなみに『スーパーメタル特効』も『スーパーメタル特効LV6』に進化している。みんな大人の段階すっとばしすぎでは。

『スーパーメタル特効LV6』
強靱な盾は厄介な武器である　されど絶対に貫けない守りなど存在しない
15秒間、相手の防御力を100%ダウンさせる　168時間に1度使用可能
【解放条件】防御力100万を超える敵をキルする

このスキルは防御力キラーだ。これさえあればメタルは恐《こわ》くない。

新しいスキルも増えてる。確認が忙しくて困っちゃうよ。

『黒沼の断絶者』
黒沼からの侵略に抵抗した証　あなたは世界を保つひとつの楔《くさび》となった
即座にHPとMPを最大まで回復させる　720時間に1度使用可能　ストック2
【解放条件】黒沼のダンジョンボス討伐において英雄的に大きな貢献をする

これはまた強い。というか、普通にぶっ壊れてるが。

正直、『蒼い血LV3』じゃ回復力が不足していた感があるから助かる。

でも、相変わらずの720時間か。重てえ。

ストック2って書かれているな。クールタイムがあがれば、2回までは貯《た》めておけるってことだろう。便利っちゃ便利だ。

「ちーちーちー」

「シマエナガさん、またちょっとふっくら……されました?」

ふっくら疑惑。ステータスを確認しないと。

シマエナガさん【レベル】29（11レベルUP）
【HP】10／12，486【MP】10／11，563
【スキル】『冒瀆《ぼうとく》の明星』『冒瀆の同盟』『冒瀆の眼力』

『黒沼に堆積する悪意』の経験値、一部シマエナガさんに中抜きされてますね。

これは流石《さすが》に擁護できない。中抜きシマエナガさん確定です。有罪。

でも、シマエナガさんの協力があったおかげで生き残れたから罪に問うのは難しいか。

それにしてもステータスが本当にやばいことになっている。

なぜレベル29で、はやくもHPとMPが5桁の大台に乗ってるのだろうか。

この子成長させたらやばい。確実に厄災としての片鱗《へんりん》を見せてきている。

「ちーちーちー♪」

ん～そっか、レベルアップできてうれちいでちゅか～。

レベルアップしてどんどん危険性は増している気がするけど、まぁいっか。うん。可愛《かわい》いからね。こんな可愛い子が世界を滅ぼすとかありえない。

でも、スキルだけはチェックしますよ。持ち物検査のお時間です。

『冒瀆の眼力』
世界への不正　宇宙の中心の知識に触れる　あらゆる事象を解析し理解できる
720時間に一度使用可能　MP10，000でクールタイムを解決

うーん、ヨシ！　おっけい。

『冒瀆の眼力』なんていうものだから、視界内にいる生き物をすべて絶命させるとかだったらどうしようかと思ったよ。

見た感じ攻撃系スキルじゃないし、うんうん、まだまだ平気よ。

俺だけで面倒見れる。

「ちーちーちー♪」

ただね、もう胸ポケット入れないからね。

そんなにふっくらして小鳥気取りはおこがましいですからね。

第六章　厄災の軟体動物

その後、おじいちゃんと語らいながら、デイリーミッションが更新されるたびにこなしつつ、クレーターが冷めるのを待った。

その間もデイリーミッションは絶え間なく襲い掛かってくる。時間進むの早すぎ問題である。タイムカプセルとの話だったが、よくもまあこんな発明をするものだ。戻ったら浦島太郎みたいになってるんだろうな。ちょっと困る。

【デイリーミッション】毎日コツコツ頑張ろうっ！

『日刊筋トレ：腕立て伏せ　その2』　腕立て伏せ　1，000／1，000

本日のデイリーミッション達成っ！

【報酬】『先人の知恵B』×3

【継続日数】60日目　【コツコツランク】プラチナ　倍率10・0倍

あ‼　プラチナ会員昇格です‼

皆さま、ありがとう。ありがとうございます。ありがとうございます。

そして、ありがとうございます。ついにこの赤木英雄《あかぎひでお》も、プラチナ会員でございます。

経験値の倍率が10・０倍ですって。ぶち壊れてます。狂ってます。嬉《うれ》しいです。

なんだか涙が溢《あふ》れてきてしまいますね。

感動もほどほどに俺はクレーターを滑り降りた。

俺はソレに手を伸ばす。うえから見下ろしていてずっと気になっていたソレに。

これはなんというか、ナメクジだ。体長30ｃｍくらいのナメクジ。

正直気持ち悪いけども、せっかくボス倒して出てきた異常物質《アノマリー》だし……ちょっと失礼して、よいしょっと持ち上げますよっと。

うわ、意外と温かい。うねうねしてる。なんか可愛いな。

キモカワって言うのかな。見た目ほどヌルヌルしてない。

表面はすべっとしてる。口のなかは牙がいっぱい生え揃《そろ》ってちょっと怖い。

だけど、触覚がひょこひょこ動いてる。総じて可愛いの部類ではないでしょうか。

アイテム名は『厄災の軟体動物』か。物騒な名前だ。

シマエナガさんと同様『厄災シリーズ』に属する生き物タイプの異常物質《アノマリー》と見た。

『厄災の軟体動物』
かつて世界を滅ぼした悪蟲《あくちゅう》　厄災の軟体動物は奔放にたゆたう
黒沼[redacted]怪物を[redacted]　[redacted]裂[redacted]

今までと違う。効果がよくわからない。文字化け？　文字化けなのかい？

「ちーちーちー」

「ぎぃ」

シマエナガさんとナメクジがじゃれ合っている。

あらまあ、さっそく仲良くなって――って、シマエナガさん、つついちゃダメ‼

よく考えれば鳥と蟲《むし》の構図は、食べる側と食べられる側でしかないじゃないか。

ごはんじゃありません‼　こらこら、やめなさい‼

「油断も隙もないですね」

「ちー……」

「弱い者いじめはダメですよ。俺そういうの好きじゃないです」

「ちー」

「ぎぃ」

ふむ。この子はぎぃと鳴くのか。じゃあ、ぎぃさんと名付けよう。

「ほう、ナメクジか」

「おじいちゃん。見て、これ、ボス倒したら出てきたんだ」

「ボスを倒すと出てくるのか」

「どうだろうね。すべてのボスがナメクジを出すわけじゃないと思うけど」

みんな持ってるのかな？

「銃が落ちてるぞ、英雄」

「あっ、それ『メタル剤』の銃弾を撃つやつ」

おじいちゃんが落ちていたリボルバー拳銃を拾いあげる。

メタル装甲を対象に付与する危険極まりない武器だ。

「回転式拳銃なんて久しぶりに見た」

おじいちゃんはシリンダーから銃弾を1発ずつ抜いていく。

「これは危ないから持っておこう」

うちのおじいちゃんに銃を持たせておくほうが危ない気がする。

「これは？　なにかの残骸か。潰れたココア揚げパンみたいなものがあるが」

「だぁあ⁉　俺のスマホぉお‼」

見るも無残に壊れていた。助けられなかった。

スマホは救えなかったが、遺体は持ち帰る。

データ移行できたらいいな。無理かな。たぶん無理だな。

あとボスがドロップしたものは……黒く濁ったおおきな石だ。

濁っているがクリスタルなのは間違いない。持ち帰れば大金になりそうだ。

「どれ。よっこいしょっと。なかなか重たいな」

「おじいちゃん大丈夫？」

「平気だ、メタルだからな」

「メタル大丈夫ってことだね」

「メタルそうだ」

俺とおじいちゃんはボス部屋をあとにした。

「あ」

ボス部屋を出た直後、門の天井が崩壊した。

先ほどのフィンガースナップのせいで脆《もろ》くなっていたんだ。

「ぎぃ」

不気味な声で鳴くと、突如ぎぃさんのまわりの空間がたわんだ。燃ゆる炎越しの景色のように歪《ゆが》んで見える。光の屈折率が変わったというのか。

歪みから黒い触手が凄《すさ》まじい勢いで飛びだし、瓦礫《がれき》を軽く弾《はじ》き飛ばしてしまった。

「ぎぃさん、もしかして守ってくれたんですか？」

「ぎぃ」

「ほう、このナメクジはいいナメクジだな。お利口さんだ」

ぎぃさん、とても優しい。見た目はグロテスクだけど仲良くなれそうだ。

ボス部屋前の野営地の、縛り上げた悪党たちのもとまで戻ってきた。

「指男、貴様まさかダンジョンボスを倒したのか？」

「ありえない、こんなの、ありえてはいけない」

「ひとりでダンジョンボスを倒すなど、どこまで規格外なんだ」

ごちゃごちゃ言ってる。

「あんたらはダンジョン財団につきだす。覚悟の準備をしておくがいい」

「はは、我々がお前の言うことを聞いておとなしくこのダンジョンの外へ出るとでも？」

「財団に捕まるくらいなら我らは死を選ぶぞ」

「ダンジョンごと自爆してやる」

仕方ないので指パッチンで少し眠らせるか、と思い手を向ける。

その時だった。抱っこしていたぎぃさんが動きだした。

俺の腕を伝ってするする移動し、突きだした手のひらのうえへやってきた。

「ぎぃ‼」

ぎぃさんは再び、触手たちを展開して、メタル柴犬《しばいぬ》クラブの男たちをぺちんっとはたいた。空間のたわみから出現した触手たちは、一撃だけお見舞いすると、ひと仕事を終えたとばかりに、空間の歪みへ引っ込んでいった。

メタル研究者たちは白目を剝《む》いて呆然とする。正気ではないようだ。

「ええい、お前たちなにをしてる。しっかりしろ。どうしたというんだ」

正気の者が仲間へ声をかける。

「あぁ……だめです……彼らに敬服しなければ……」

「敬服、しなければ。我らの王に」

ぎぃさんの触手に叩《たた》かれた者たちは、仲間へ頭突きをかまして共倒れする。

狂気的な恐ろしい光景であった。これがぎぃさんのチカラ？

「そのにゅるにゅるで叩いた相手を洗脳できるとかですか」

「ぎぃ♪」

シマエナガさんと違って、明確に攻撃系スキルを持っているように思える。

すでに厄災。成長速度をコントロールしなければ、まずいことになる気がする。

俺とおじいちゃんは、ぎぃさんの洗脳能力を使って悪党どもに言うことを聞かせることで連行することに成功した。ぞろぞろと来た道を引きかえす。

なお帰り道でも、デイリーミッションは容赦なく襲い掛かってきましたとさ。

1

赤木英雄とその祖父が行方不明になってから実に2ヶ月が経過しようとしていた。

新年早々、消息を絶った者たちのニュースは世間を騒がせた。

2ヶ月。それだけの期間、行方不明ともなれば、希望はないとされる。

自然豊かな景色が広がるなか、水田の間に敷かれた道路を黒塗りの高級車が走っている。

後部座席で窓の外を見つめるのは、燃えるような赤髪の美女だ。

修羅道《しゅらどう》。ダンジョン財団のスーパー受付嬢である。

普段束ねられているポニーテールは、いまは解かれ、艶やかな赤髪は肩に流されている。

服装も財団受付嬢のものではなく、おおきな紐《ひも》のついたダボッとしたパーカーとジーンズ、おおきなシューズと、カジュアルおしゃれな服装である。

「赤木さん、一緒に初詣いけませんでしたね」

赤木英雄が行方不明になる前にした約束は、ついぞ果たされることはなかった。

「餓鬼道《がきどう》ちゃん、今日はどうしてついて来てくれたんですか?」

修羅道は運転席の少女へたずねた。

ハンドルを握る餓鬼道はバックミラーをチラと見やる。すぐに視線は前を向く。

餓鬼道は普段通りの黒スーツとコートをビシッと着込んでいる。

「赤木は友達感ある」

「餓鬼道ちゃんは優しいですね」

「優しみ」

「はぁ、本当にどこへ消えてしまったのでしょうか」

「怪しい」

「ですよね。餓鬼道ちゃんもそう思いますか。あるとすれば異常現象に巻き込まれた可能性です。それ以外にあの赤木さんが忽然《こつぜん》と姿を消す理由なんて考えられませんから」

修羅道と餓鬼道はたまたま休暇が重なった今日、個人的な再調査に乗り出していた。

もっとも休暇とは言え、急ぎの用がないというだけだ。仕事は探せばいくらでもある。

世界は、ダンジョン財団は、いつだってこの2名の超人を必要としているのだから。

ゆえに彼女たちがわざわざ時間をつくることは稀有《けう》な出来事だ。

「あら、美人さんたち。ひでくんのためにありがとうね」

ふたりがやってきたのはすでに調査がされた赤木英雄《あかぎひでお》の祖父母の家である。

調査と再調査、再々調査を経ての再々々調査。これで4度目であった。

「元日、赤木さんとそのおじいさんが、ともに姿を消しています。何かがあったんです。その手がかりがあるとすれば、やはりこの家です」

修羅道と餓鬼道は赤木祖母の許可をもらい、敷地《しきち》内を調査しはじめた。

屋敷《やしき》はおおきく敷地は広い。何度も調べた場所でも見落としはあるかもしれない。

そう思い、ふたりは鑑定スキルを複数使って丹念に異常の痕跡がないかを見てまわった。

「ここにも何もなさそうですね」

「次は裏庭」

裏庭。蔵がいくつか並び、鯉《こい》の泳ぐ池と、春に向けてつぼみを付ける梅の木がある。

「いる」

餓鬼道は耳を澄ませる。

何か物音が聞こえた気がしたからだ。

——コロロロォ

餓鬼道は聞き逃さない。

「上……」

視線を空へ。なにも見えない。一般人には。

餓鬼道と修羅道はじーっと見つめ、そこに何かいるという意識をもって、それを見ようとする。そうすることで見える神秘の存在がある。

高次元の存在は常に身のまわりに潜んでいる。それらは人間の身で気づくことは叶《かな》わないが、強力な祝福を身につけた者が見ようとすれば、姿を視認することは可能だ。

修羅道はそこにいるという前提をつくり、疑いを持って見ようとすれば、いずれ視認できない神秘を破り、隠れる者の姿を明かすことができる。

餓鬼道は神秘の存在を暴《あば》くチカラが修羅道よりも強い。隠れる者がいれば、その気配を感じ取ることができるのだ。ゆえに前提がなく、疑いがなく、見ようとする意識がなくとも、なんとなく「いそう」という反応を手に入れることができるのだ。

餓鬼道は銃を抜き、おもむろに気配へ発砲する。2発の炸裂《さくれつ》音が初春の空に響く。

火花が散り——同時に宙から蒼《あお》い血がこぼれた。

「餓鬼道ちゃんを連れてきて正解でしたね」

ソレが姿を現した。

言葉で形容するには異質な姿をしていた。

ヤドカリと表現するのがもっとも近しいだろう。

青黒い、細長い脚を無数にもったヤドカリだ。

ヤドカリは古びた蔵を背負っていた。

餓鬼道に撃たれて負傷したのは、脚の付け根の柔らかい部位だったらしく、そこから粘質な蒼い血がぼたぼたと流れ落ちていた。

「蔵をおろしたら命は助ける」

ヤドカリは苦悶《くもん》の鳴き声を漏らし、餓鬼道の指示に従ってゆっくり蔵を地面におろす。

ヤドカリは修羅道と餓鬼道をじーっと見つめると、再び不可視化して消えてしまった。

「眷属《けんぞく》ですね。建物を自分の家にして背負って満足する子です」

「神秘の眷属は異常性《アブノーマリティ》にたかる」

「あの古蔵に異常を帯びたなにかがあるということですね！」

修羅道はテクテク歩いて蔵へと近寄った。餓鬼道は銃をしまい、あとに続く。

修羅道は蔵に入るなり、全体を一瞥《いちべつ》すると、奥まったところにある落とし戸に気が付いた。

近寄ろうとする──その時、パチンッと乾いた音が聞こえた。

落とし戸が下から勢いよく開いた。

爆風で開いたようだ。

「ようやく戻ってきたな」

「英雄、後ろがつかえているぞ」

「あ、そっか。ごめん、おじいちゃん、すぐに出るよ」

落とし戸から続々と出てくる不審な男たち。

「なんですかあなたたちは、いにしえの闇堕《やみお》ち僧侶系ヴィランみたいな恰好《かっこう》をして！」

「あれ、その声は修羅道さん？」

「わわ、赤木さんだ‼」

穴からひょこっと現れたのは赤木英雄であった。

２ヶ月前に突然に姿を消し、今日まで行方をくらましていた男だ。

修羅道はその姿を見るなり瞳を潤ませた。

だが、先にこぼれたのは疲れた笑みであった。

「もう……本当に仕方のない人ですね、赤木さんは」

「修羅道さん？　なんかいつもと雰囲気がちが、てか、え、その服装、かわぁぃ……」

「うぅ、安心しました。だっていきなり２ヶ月も消息を絶って……いえ、こんな湿っぽいのは似合いませんね。こほん。――よく戻りましたね。おかえりなさい、赤木さん！」

修羅道は涙を拭い、弾《はじ》ける笑顔でそう言った。

「はは、積もる話はあると思いますけど……はい、ただいまです、修羅道さん」

２

ダンジョンからようやく抜け出すやいなや、ダンジョン財団の人間である修羅道たちに迎えられたことは、赤木英雄にとって大きな幸運であった。

キラッと笑みをうかべる修羅道は、まさしく赤木の知っている修羅道そのものだ。

彼女の笑顔の明るさのおかげで、赤木は日常へ帰ってきたのだと強く実感した。

「本当に心配したんですからね。連絡を返さない悪い人には、こうですよ！　えいっ！」

赤木は頭にチョップを入れられ「あ、いった～」っとつぶやくと共に、にへら～っとだらしない笑みをうかべた。リア充である。

「赤木、生きててよかった」

「餓鬼道さんもいたんですか」

「友達感」

餓鬼道は無表情のまま赤木の肩に手をまわす。

「こらぁ‼ 友達感を得るために肩を組むのはよしてください‼ 赤木さんは女の子に耐性がないんです。お姉ちゃん、そんな不純異性交遊許しませんよ！」

「若いと言うのはいいものだな。英雄も隅に置けない。まるでわしの若い頃を見ているかのようだ」

「うああ、なんかメタリックなおじいさんが⁉」

現場のハチャメチャは収拾がつかないほどであった。

「本当になにがなにやら……赤木さん、お話を聞かせてもらえますか？」

「ことのはじまりは元日でカクカクシカジカン――――ということなんです」

「なんてことですか‼」

赤木は修羅道へこの2日間――赤木の体感時間――の出来事を語った。

修羅道は怪しげな男たちをキリッと睨《にら》みつけた。

「あなたたちが要注意団体『メタル柴犬《しばいぬ》クラブ』だったんですか‼」

「鋼山鉄郎《はがねやまてつろう》いる」

修羅道は驚き口をわあっと大きく開けた。

餓鬼道は連行される者たちのなかに鋼山鉄郎の姿を見つけ、詰め寄った。

「ひえ、お前は昨日のショッピングモールのエージェントか‼」

「抵抗するな」

鋼山は腹パンされて悶絶《もんぜつ》しながら崩れ落ちた。

「餓鬼道ちゃん、わたしにも腹パンさせてください‼　わたしはいま猛烈に怒っています‼　あなたたちがどれだけ他人様《ひとさま》に迷惑をかけたか知っていますよ！　しかも今度は赤木さんと、そのおじいさんまで巻き込むなんて。わたしは完全に怒りましたよ！」

修羅道《しゅらどう》はキリリッとした表情で、代表して鋼山へ腹パンすると、電話を一本入れた。

「な、なんで、私だけ、こんな痛めつけられるんだ……っ、ぐへ、おえ」

「俺も腹パンしとくか」

「ま、待て、お前はする必要ないだろ……⁉」

最後は赤木によって腹パンされた鋼山は白目を剝《む》いて完全に意識を手放した。

──20分後
赤木家は黒塗りの装甲車と、黒塗りの戦闘ヘリによって包囲されていた。

彼女が電話を入れたのはダンジョン財団特務部という部署だった。

ダンジョン財団内でもとりわけ恐《こわ》いところとして知られる武力実働部隊である。

特務部は現場に到着するなり『メタル柴犬クラブ』構成員たちの身柄を拘束した。

「なんだ貴様たちは、触るな、我々は崇高な理念のもと、財団を浄化するため――――」

「うるさいわボゲエ‼　黙ってついてこんかいッ‼」

「オラァ‼　ゴラァア‼　こちとら特務やぞッ⁉」

「口開かんで、おとなしく連行されんかいボケがァ‼」

「は、はい、ついて行きます、ついて行きます」

「はやくついてこんがい、ボゲェゴラァッ‼」

「なんですぐついてこんのじゃゴラァア⁉」

「ついていきますから、怒鳴らないでくれぇ……っ」

「どして最初からおとなしくせんのじゃあボゲゴダァラァ⁉」

特務部所属の職員たちの圧は苛烈そのものであった。

最初はご高説をたれていたメタル研究者たちも、激しいメンチと、威圧的な脅迫と、鬼詰め、そして必要以上にしっかりと顔面や腹へ殴る蹴るの暴行のバーゲンセールを加えられ、その場で調教され、わからせられ、去勢されてしまった。

肉体的にも精神的にも痛めつけられ、メタル研究者たちは小さくなって連れて行かれた。

修羅道は、赤木英雄の祖父母家の居間に通されていた。

「あんたもう、本当に心配だったのよ。２ヶ月も消えて。この可愛《かわい》い女の子たちが一所懸命に探してくれたんだからね。せっかくのお正月にひでくんまで巻き込んでなにしてんの」

「ばあさんや、違うんだよ。これには事情があって、わしが悪いんじゃなくて――――」

赤木《あかぎ》の祖父は、祖母に怒られながらも「ゲートボール大会、今日だけどあんた参加する？」と訊《き》かれ「新春ゲートボール今日だったか」と思い出したように準備をした。

こうして、ふたりは家に特務部の武装兵士があがり込んでる状況で、仲良くゲートボール大会へ出かけていった。

（いや、どうなってんだよ、おじいちゃんとおばあちゃん!?　２ヶ月の失踪から帰還して最初にやることがゲートボールて!?　もしかして、俺がおかしいのか!?　俺のほうが感覚ズレてるのか!!　てかおじいちゃんのメタル化について誰も触れないな!!　本人が「え？元からこんな感じですが？」とあまりにも平然としているせいで、みんなスルーしちゃってるんよ!!）

赤木英雄《ひでお》は常識を疑った。そしておじいちゃんの底知れなさに戦慄した。

「どうぞ。たぶんいいお茶です」

お客対応を任された赤木は、居間にて修羅道へお茶を出していた。

話の種はダンジョンボスから獲得した大きなクリスタルへと移る。

「どうですか、修羅道さん、すごく大きなクリスタルでしょう。ダンジョンボスのクリスタルなんですよ。これはいい査定が期待できそうじゃないですか？」

「2ケ月も失踪していたというのに、相変わらず熱心な探索者さんですね、赤木さんは」

「ダンジョン内ではたいした時間は経過してないですから。1日とかそこいらですよ」

「このクリスタルは見たところ、黒沼系ダンジョンのクリスタルですね！」

「黒沼系ダンジョン？」

「はい、ダンジョンには無数の系統がありまして、無垢《むく》、黒沼、救世、深淵《しんえん》、魔導、エトセトラと。考古学的な意味があると同時に、ダンジョンの様相に関わってきます。黒沼のダンジョンは湿地帯みたいではありませんでしたか？」

「よくわかりましたね。めっちゃジメジメしてて陰鬱でした」

ダンジョンには系統があるのか。

言われてみれば群馬ダンジョンではやたら無垢という言葉を耳にした気がする。

「このクリスタルは、そうですね～、スキャナーがないのでなんとも言えませんが、ざっと1，120万、くらいでしょうか。ダンジョンボスを単独で撃破するなんて、出世街道まっしぐらですね。猫がチュールに飛びつく勢いで昇進ですよ」

文学的な言い回しに、赤木の頭上にクエスチョンマークが出る。

「つまりどういうことです？」

「偉大な探索者には、耳を疑うような逸話がつきものということです。赤木さんはダンジョンボス単騎撃破という大きな成果を挙げました。将来は大物確定です‼」

（修羅道さんに褒められてしまった。うれしい）

赤木が気分よくへらへら笑みを浮かべていると、居間の扉が勢いよく開いた。

武装した特務部の兵士たちが突入してくる。

素早く、修羅道と赤木英雄を取り囲み、ＳＭＧで狙いを定めた。

包囲が完成した後、隊長らしき男が入ってくる。

隊長の手には、壊れたラジオのように不安を誘う音を鳴らす計器が握られている。

「一体なんのつもりですか？　鬼門《きもん》さん？」

修羅道はすこしムッとした顔を向ける。

特務部の実働部隊の隊長・鬼門は濃い顔の二枚目の男だ。40代の渋味がいい味をだしており、表情には余裕がある。数々の異常と戦ってきた猛者《もさ》ゆえのオーラである。

「お話し中のところ失礼。だが、事態は一刻を争います。これを見てくれますかねぇ、修羅道のお嬢さん」

鬼門は計器を修羅道へ見せる。

「これは‼　異常性《アブノーマリティ》計器がこんな反応を示すなんて」

「件《くだん》の神秘存在ヤドカリ君の痕跡を探してたのですが、異常性《アブノーマリティ》の程度が残留物どころではない。どうやら、この家の中にSCCL適用異常物質《アノマリー》が潜んでいる。それもとても高い数値です。グレード5、もしかしたらグレード6かもしれない。ヤドカリが何かを守っていたという証言も加味すれば……近年降臨率が高まっている『厄災シリーズ』の可能性も
――――」

鬼門はするどい目つきで赤木を見つめた。

赤木は平静を装《よそお》う。もちろん内心では死ぬほど焦《あせ》っていた。

(厄災？　厄災って、うちの子たち？　やっべェえええっ‼　バレたらぶちのめされる‼)

「ちー？」

「ぎぃ？」

「ん？　いま、なにか鳴き声が聞こえたような……」

鬼門はじろりと視線を動かす。

「ちイィッ‼　ぎィイッ‼」

鳴く赤木。

「あの赤木さん、いきなりどうしたんですか？」

困惑する修羅道。

「チーズ牛丼が食べたくなって。ぼくってチーズ牛丼が食べたくなると禁断症状を発症して声がでちゃうんですよ。ちィィ‼　ぎィィ‼　……ほらね。出ちゃうでしょう？」

「「「……」」」

特務部兵士たちからの白い眼差《まなざ》し。

修羅道さえどうすればいいか困ったように愛想笑《あいそわら》いを浮かべることしかできない。

鬼門に至っては軽蔑の眼差しだった。

（誰か俺を殺せ）

大切な者たちのために自分を犠牲にする。

果たして赤木英雄は相棒たちを守り抜けるのだろうか。

3

ブルジョワにしてBランク探索者にしてプラチナ会員の赤木英雄です。

ただいま、特殊部隊っぽいひとたちに銃口を向けられています。

話によると、この居間に危険な異常物質《アノマリー》がいるらしいです。

心配そうな顔をする修羅道さんにまず訊くことがありますね。

「SCCL適用異常物質《アノマリー》ってなんですか……？」

「SCCL適用異常物質《アノマリー》というのは、ありていに言えば財団が管理しないと危険な異常物質《アノマリー》ということです。例えば、人類に敵対的な行動をとる異常物質《アノマリー》などです。人を殺すことを唯一の行動原理とする人型生物がいたとしたら、それを野放しにしたり、探索者など個人の管理に任せてはおけないでしょう？」

「なるほど、危険な異常物質《アノマリー》……」

「特に自立能力をもっている異常物質《アノマリー》は根本的に人類とは相まみえない存在であることが多くて……ありていに言えば、生物型異常物質《アノマリー》には危ない子がいる場合が多いです。もちろん生物型じゃなくても使い方を間違えたら危険なものはたくさんありますけど」

修羅道さんが鬼門ってひとから計器を奪い取った。

鬼門は「あ、俺の計器……」と物悲しそうに空《くう》を掴《つか》む。

「赤木さん、どこに隠してるんですか」

「なにも隠してないです」

「目が泳いでます、心当たりがある証拠です‼」

修羅道《しゅらどう》さんは計器を近づけてくる。

映画とかで見る放射線計測器みたいだ。

針が左右に振れて、ジリジリ、と壊れたラジオみたいな音を鳴らしてる。

近づけられると反応が強くなった。

性能は確かなようだ。ならば、仕方ない。ここら辺で……策を打つか。

「わかりました。修羅道さんの勝ちでいいです」

「赤木さん、もしや本当になにか隠して⁉」

「はい、もう観念しました。だから、いったん、そのうるさい計器を止めてもらえますか？」

修羅道さんはカチッと電源をオフにする。

俺は懐《ふところ》からリボルバー拳銃を取り出した。

オトリをつかってやり過ごす作戦、開始。

いきなり銃を取り出した俺へ、兵士たちは「うおおお⁉」と驚いて、カチャカチャと照準を合わせ直してくる。

これアメリカだったら撃たれてるやつだ。

「赤木さん、それは？」

「『メタル柴犬《しばいぬ》クラブ』から頂戴した異常物質《アノマリー》です」

アイテム名『奇怪金属装甲の異銃』。

鬼門は部下に「やつらを」と言って、メタル柴犬クラブの者たちを連れてこさせた。

鋼山鉄郎《はがねやまてつろう》が連れてこられて、『奇怪金属装甲の異銃』の前に立たされる。

「ひえ」

鋼山は俺の顔を見るなり、お腹《なか》と尻をおさえて震えだす。なんで尻。

「質問に答えんかい、ゴラァッ‼」

「まだ質問してませんよね⁉」

「なに口答えしてんのじゃボゲェオラアッ⁉」

鬼門の鉄拳が鋼山の鳩尾《みぞおち》を襲った。こいついつも腹パンされてるな。

「赤木さん赤木さん」

「なんですか」

「今は部屋を出ていたほうがいいですよ♪」

修羅道さんに言われ、兵士たちとともに家の外へと出た。

事実確認が行われるため、その場に俺と鋼山がいては意味がないとか。

なるほど。口裏を合わせられないように、か。

あの鬼門とか言う人は俺のことを疑っているようだ。

4

赤木英雄《あかぎひでお》が去った部屋で、ひと通りの取り調べが行われた。

鬼門のもとへ、すかさず修羅道は参上する。

「ボロはでなかったな」

「だから言ったじゃないですか」

「鋼山鉄郎は赤木英雄とはグルじゃないようだ。代わりにガチガチ、黒、白くて、ふわふわ……こんなキーワードを繰り返していた。いったいどんな意味があるかはまだ不明だ」

「赤木さんは被害者ですよ。グルなわけがないです」

「異常物質《アノマリー》を隠そうとする素振りを見せた。なんでも疑ってかかるのが俺のやり方だ」

「相変わらずですね、鬼門さん」

「あの男は信用できない。この銃の効果は撃った対象をメタル化するものだ。要注意団体が作り出した危険な異常物質《アノマリー》を私物化しようとしていたんだ。効果までわかっていたはずなのに。すぐに財団に届けるのが健全な探索者の行動だ」

「赤木さんはまだ探査者になって日が浅く、財団の規律にも疎《うと》いんです。それに、なんかカッコいいものを見つけたら自分のものにしたくなるのが健全な男の子ですよ」

「やけにあの男の肩を持つな」

修羅道は「えー？　そう見えますー？」とジト目をしてはぐらかす。

「ふん。まあいい。というか、そもそも、あいつは誰なんだ」

「聞いて驚いてください。彼こそがあの指男なのです‼　ちまたで噂《うわさ》の指男ですよ‼」

「やつが指男……噂には聞いているが、なるほど、たしかに不審に見えると思った。実際裏じゃ何をしているかわかったものじゃないらしい。素性も謎。いくつもの逸話を持ってる」

「凄《すご》いですよね、赤木さん」

「あれをすごいと、ただポジティブにとらえることができるのはおそらく君くらいだろう」

鬼門は手袋を取る。鳥肌がぶわーっと立っていて、小刻みに震えていた。

「私など指男の言葉を聞いただけで、このありさまだ」

再び、手袋をつけ直す。

「指男に関する情報は仕入れていたつもりだが……なるほど、これが本物の圧力か。すこし疲れたな」

「赤木さんはそんなに恐《こわ》いひとじゃないと思いますよ？」

「どうだかな。指男、どのみち探索者でいてくれるうちは財団の目も届きやすい。今回はおおめに見てやろう。私もはやくこの場を離れたい」

「ありがとうございます、鬼門《きもん》さん」

特務部は財団のなかでも最大規模の火力を扱う実働部隊だ。

財団に所属する以上、あまたある異常兵器の扱いに長《た》け、異常との戦いにも慣れている。

しかし、特務部の長《おさ》をして、指男の噂と『恐怖症候群』から逃れることはできなかった。

「ああ、帰る前にひとつ、君に言っておくべきことがある」

「なんですか？」

「メタル柴犬クラブには厄介な男がからんでいた」

「厄介な男ですか？」

「ああ。より詳しい取り調べは財団にもどってからするが、どうにもメタル柴犬クラブに資金と技術を提供したのはアララギという男だったらしい」

「まさか『顔のない男《ノーフェイス》』ですか？」

「わからない。だが、もし生きていて、活動を再開したのだとしたら……これから大変なことが起こるかもしれない。君には因縁深い相手だ。すぐに伝えておこうと思った」

不気味な話を残して特務部長は去っていった。

修羅道は出て行く兵士たちを見送り「さて」と袖をまくった。

5

危ねえ、危ねえ。

特殊部隊っぽいひとたちは一旦は屋敷《やしき》のまえの装甲車に戻ってくれた。

これ実質勝ちだよね。やり過ごしたよね。よっしゃ勝った。

「赤木さん」

「修羅道さん。さっきは恐かったですよ、本当に。あれってなんですか？　ダンジョン財団の秘密の戦力的なやつですか？」

家の中に戻った俺に修羅道さんはニコニコしながら近づいてくる。

かあいい。すごくかあいい。いつもと違った服装で違うベクトルのかあいいもある。

かあいいの包囲攻撃を受けて、俺までかあいいになってしまいそうだ。

俺の胸板に手を当てて、あっ、まさか、大人な展開？　そのまま下へ移動させ――

「ここだぁあっ‼」

バッとシャツをめくられてしまった。

「ちーちー‼」

「ぎぃ‼」

ぎぃさんはボトッと床に落ち、シマエナガさんはコロンッと転がった。

「いたぁあー‼　やっぱり隠してたんですね‼」

「ぁぁあああ⁉」

修羅道さんは計器を取り出し、カチッと電源を入れる。

すぐに「ジリリ‼」と古いラジオの割れた音のようなものが響いた。

ぎぃさんとシマエナガさんは、計器を交互に向けられ「ちー‼」「ぎぃ⁉」「ちー‼」「ぎぃ‼」と交互にビクッと驚く。ちーぎぃ。かあいい。ってそんな場合じゃない。

「さっきから計器の反応がおかしいと思ったんですよ。鬼門さんの眼《め》は誤魔化せても、このわたしの眼力は誤魔化せません‼」

修羅道さんは赤い瞳をキリッとさせる。

「なんですか、この黒いナメクジさんは。明らかに異常物質《アノマリー》じゃないですか。こっちのシマエナガみたいな鳥さんは……こんなにふっくらしてシマエナガを語るのは無理があります。よくもまあ、そんなわがままボディで言えたものですね、恥を知ってください‼」

怒濤《どとう》の言及に俺は言葉をかえす暇さえなかった。

「いや、これは、あの、その、違くて、いや、本当に違くて……‼」

「計器も反応してます、異常性《アブノーマリティ》が高いです‼ 確実にSCCL適用クラスです‼」

「あ、これは、その、ち、ちがーう‼ 違うんです‼ 違う違うパワーッ‼」

「脳筋で誤魔化しきれると思ったら大間違いですよ、赤木さん‼」

俺はぎぃさんを拾いあげ、抱きしめた。

ぎぃさんは凶悪な口で俺の顎鬚《あごひげ》をつついてくる。

鬚の剃《そ》り残しをむしゃむしゃ食べているのだ。

「あはは、くすぐったいな、ぎぃさん。って、ちがーう、違うんですよ、これは、その、ただのナメクジなんです。ちょっと大きいだけで‼」

「こんな大きなナメクジさんはいません。こっちに寄越してください‼」

「嫌です、この子は俺が倒したボスからドロップしたんです、私有財産権は俺にあります」

「ちょこざいです、ちょっと頭の良い単語をつかうなんて、赤木さんのくせに生意気です‼」

俺は必死にぎぃさんを抱きしめる。

渡さない、渡さない、渡さない。

相手が修羅道《しゅらどう》さんでもこれだけはだめだ。

ぎぃさんは見た目はグロテスクだけど本当はいい子なんだ。

アイテム詳細が■■■で文字化けしていて不気味だけど、本当にいい子なんだよ。

俺やおじいちゃん、シマエナガさんに危害が及びそうになった時、助けてくれたんだ。

あの触手を使って崩落する瓦礫《がれき》から守ってくれたんだ。

悪党を洗脳した時もそうだ。きっと人間の命なんてもてあそぶように殺すこともできるのに、俺がお話ししたら、ちゃんと言うこと聞いて殺さないでいてくれた。

シマエナガさんと仲良くしてって言ったら、ちゃんと仲良くしてくれる。ついばまれていじめられても反撃しないんだ。ちょっとは反撃してもいいのに。内向的なのかな。

「俺のことはバカにしてもかまいません、でも、この子は渡さないです」

「赤木さん……お願いです」

「財団はこの子を解剖して実験するつもりでしょう、そうはさせない、ぎぃさんは俺が守ります」

俺はぎぃさんを懐《ふところ》に隠し、床の上にうずくまった。アルマジロみたいに。大人になった男が、なにかを守るためにとる行動としては情けない恰好《かっこう》だろう。笑うがいい。罵るがいい。蔑むがいい。

だが、俺は守るべきものは必ず守りとおしてみせる。

この俺、赤木英雄にだって譲れないものはあるのだ。

「赤木さん、よく聞いてください」

「修羅道さんは俺の味方だと思ってました」

「そんな卑怯《ひきょう》なこと言わないでくださいよ。わたしは赤木さんの味方です。でも、それ以前に人類の味方です。その子、ぎぃさんですか？　ぎぃさんは、もしかしたらとても危険かもしれないんです。そもそも、ダンジョン財団は赤木さんが思っているような場所じゃありませんよ。たくさんのＳＣＣＬ適用異常物質《アノマリー》を保護しているだけです」

こんなことしてもダメなのはわかっている。

俺はシマエナガさんを見やる。

シマエナガさんは賢い子だ。もう運命を理解しているのだろう。

ふっくらした魅惑のボディを机に乗せ、じっと連行される時を待っている。抵抗すれば俺に危険が及ぶかもしれないからだ。黒いつぶらな瞳が見つめてくる。

ぎぃさんもまた賢い子だ。

覆いかぶさる俺の腕から抜け出て「ぎぃ」と最後にか細く鳴いた。ぬくもりだけを脱ぎ捨てて、修羅道さんのもとへ自分で寄って行った。抵抗はしないようだ。

最後にこちらへ振り返った。「ここまでありがとう」と言っているような気がした。

シマエナガさんもぎぃさんも、自分を犠牲にしたのだ。

瞳の奥から、悔しさが熱となって溢《あふ》れてきた。この子たちは優しすぎる。

俺ではふたりを守れない。

それどころか、財団から守ってもらっている。

彼らはただ諦めたのではない。

俺が悪い人間にならないように、過酷な運命を受け入れたのだ。

その覚悟はどれほどのものか。

わずか出会って1日たらずの俺なんかのために、自由を奪われることを許容する。

いったいこの世のどれだけの人間にそんな自己犠牲ができる。

なんて優しい異常物質《アノマリー》たちなのだろう。

「よいしょ。意外と温かいですね」

修羅道さんはぎぃさんを抱っこする。

「なるほど。『厄災の軟体動物』さんと言うんですね、名前は物騒ですが、見ただけで精神攻撃をしてくるタイプではないようです。いい子かもしれません。でも、もうすこし、調べさせてください。わあ、文字化けしてる。スキル発動――『鑑定』」

『厄災の軟体動物』

かつて世界を滅ぼした悪蟲《あくちゅう》　厄災の軟体動物は奔放にたゆたう

黒沼の怪物を支配する力を持つ　過ぎた力はやがて使用者を引き裂くことになるだろう

ぎぃさん【レベル】1

【HP】5／5【MP】10／10

【スキル】『黒沼の呼び声』

『黒沼の呼び声』

黒沼の怪物の一部を召喚し攻撃する

2時間に1度使用可能　ATK50，000　ストック999
MP200でクールタイムを解決

一気にぎぃさんの秘密が暴かれた。

『鑑定』スキルによって閲覧可能になったのか。

「赤木《あかぎ》さん、やはり、ぎぃさんを見つけてしまった以上、財団は見なかったことにするわけにはいきません」

「……」

「いじけないでください」

「いじけてないですよ。ふん」

「いじけてるじゃないですか。いいですか、赤木さん、ぎぃさんは特別なチカラをもっているんです。野放しにしていては、大きな被害がでるかもしれないんです」

「俺が安全に飼いますよ」

「その顔はわかっていませんね。わかりました、もういいです、こうなったら納得するまでお話に付き合ってもらいます！」

修羅道さんはぎぃさんを抱っこしたまま、椅子に腰を下ろした。

「財団は近年、神経質にSCCL適用異常物質《アノマリー》を集めています。また『厄災シリーズ』に関しても非常に注意深く調査を行っています。理由があります。ある人物の話をしましょう」

ある人物の話。財団がシマエナガさんやぎぃさんを連行することに関係しているのか。

「かつてアララギという探索者がいました。彼は非常に優れた探索者として、財団からも探索者たちからも尊敬されていました。畏怖畏敬の念を集めるSランク探索者だったんです」

「Sランク、ですか？」

「はい。当時は特別に抜きんでた能力をもっていた彼だけに与えられた称号です。今日《こんにち》、唯一の称号ではなくなっていますが。とにかく、そういう凄《すご》い人がいたんです、いいですか」

「凄い人……」

「彼は犯罪者になりました‼　とある『厄災シリーズ』を用いて、おそらく有史以来最悪の事件を起こしたんです‼」

「有史以来最悪の事件……？」

どんなスケールの事件だと言うんだ。そんな事件あったかな？

記憶を振り返ってみたが、それらしい情報は俺の頭のなかには見つからなかった。

「思い出そうとしても無駄です。我々はその事件のことを思い出すことすらできないのです。財団が管理すべき異常物質《アノマリー》を併用することで、彼は自分の身と、彼が起こした事件を隠蔽しようとしたんです。もっとも完全な隠蔽は阻止することができましたが」

「一体どんな事件を？　もしかして、大量虐殺、とか……？」

「もっとひどいです。——タケノコ‼」

「え？」

「わかりましたか？　——タケノコ‼」

「え？　なんですか？」

「この通り、アララギの起こした有史以来最悪の事件のことを知っていても、それについて言及しようとすると、すべて『タケノコ』になってしまうんです‼　わたしはあの事件のことを知っていますが、こうして誰かに伝達することはできないんです。彼の顔を見たことのある者たちでさえ、いまはその顔を思い出すことはできません。覚えていても、すべてはタケノコになります。このことから彼は『顔のない男《ノーフェイス》』とも呼ばれていました」

「シリアスな話かと思ったんですけど、もしかして、ふざけてます？」

「ふざけてませんよ‼　失礼な‼」

修羅道さんは頬をぷくーっと膨らませる。

「彼は厄災級の異常物質《アノマリー》のチカラを使い、自分を人類という種から切り離したのでしょう。幸い、財団が頑張ったので有史以来最悪の事件は究極の結末を回避しました。それでもおおきな被害がでましたが。『顔のない男《ノーフェイス》』が残した傷跡はこのとおりタケノコ‼ として世に残っています。危険な異常物質《アノマリー》を、ひいては厄災級の異常物質《アノマリー》ちゃんたちを財団という管理者なく野放しにする危険がわかりましたか？　タケノコ。ですよ？　タケノコ、タケノコ」

「……わかりました」

本当はわかってない。

だって、タケノコなんだもん。

でも、俺なりに理解と協力を頑張ることはできる。

「わかりました。連れて行ってください」

シマエナガさんとぎぃさんと目をあわせる。

ふたりとも俺のために抵抗せず、大人しく捕まろうとしている。

俺にできることは……ふたりとの時間を諦めることだけだ。

彼らの覚悟に比べたら、お話にならないくらい簡単なことだ。

ならば、やろう。ふたりの覚悟を無駄にしてはいけない。

「ありがとうございます、ふたりとも。俺のもとに姿を現してくれて」

「ちーちーちー」

「ぎぃ」

「お別れは済ませました。ふたりを連れて行ってください」

修羅道《しゅらどう》さんは右手にぎぃさんを乗せ、左手でシマエナガさんをもふっと鷲掴《わしづか》みにする。

そして、俺の腕のなかへ「やーっ‼」っとダンクシュートをしてきた。

「え？」

「あはは、わたしは管理するとは言いましたが、なにも連れて行くとは言っていませんよ‼」

修羅道さんは、覚悟を決めたようにひとつうなずくと、シマエナガさんとぎぃさんから手を離した。

「わたしは『厄災シリーズ』というのは、みんなとても恐ろしい異常物質《アノマリー》だとばかり思っていました。タケノコのこともありましたしね。ですが、こちらのぎぃさん、そして、こちらのふっくら可愛《かわい》いシマエナガさんも、とても危険には思えません。流石《さすが》に可愛すぎます」

「そうですよね、わかってくれ――」

「ですが、危険なんです‼　厄災シリーズとは、財団の保有する預言のうち、世界を終わらせるシナリオを持つ超特級の危険な子たちのことなんですよ。このナメクジさんも、鳥さんも、大きな力を秘めているはずです。そのことは、赤木さん自身が理解していますね？」

たしかに。シマエナガさんはすでに世界を終わらせる片鱗《へんりん》を見せている。

「ですが、可能性はどこまでいっても可能性にすぎません。それに見たところ、この子たちは赤木さんにとても懐《なつ》いているみたいです。もしかしたら、赤木さんから無理に引き離すほうが、人類全体にとって大きな災いになるかも……そういう判断をしました」

「修羅道さん……でも、そんな判断を下して、上の人に怒られませんか？」

「事件は会議室で起きてるわけではありません、現場で起きてるんですよ、赤木さん」

言ってキメ顔で目元をキランッと輝かせる修羅道さん。かあいい。

「執行猶予は5，000兆年です。その間になんの問題も起こさなければ、その子たちは晴れて赤木さんの家族としましょう」

「5，000兆年ですね。余裕です」

「あはは、赤木さんらしいですね」

「あんまり他言しない方がいいですよね」

「もちろんです。これはわたしたちだけの秘密です。情報はなるべく、少人数で共有するべきです、さっきも言った通り、世界には『顔のない男《ノーフェイス》』のような危険な犯罪者がいます。彼らに赤木さんが『厄災シリーズ』を保有していることが知れれば、厄介なことを考えるやも」

それは怖い。普通にめっちゃ嫌だ。

「だから、絶対に、ぜーったいに他の人には言っちゃだめですよ？　これは赤木さんとわたし、ふたりだけのトップシークレットです。もちろん、財団側の人間にも知られてはいけません。たくさんの人にシマエナガちゃんやぎぃさんが安全だと理解してもらうのはまだまだ難しいでしょうからね」

そう言って、修羅道さんは明るい笑みを浮かべた。

6

修羅道は赤木英雄《ひでお》の祖父母の家をでて、屋敷《やしき》のまえに停車していた車に乗りこむ。

運転手は静かに車を発進させる。

少し走ってショッピングモールまえの交差点で車は信号を待つ。

修羅道は窓の外を眺めながら、自分の判断を振り返っていた。

（これでよかったんです。おおきな力であればあるほど、財団が管理するべきですが、最近は財団内も完全にクリーンと言える感じではなくなっていますしね。闇の力が刻々と高まっているのを感じます。そうした多くの状況を鑑《かんが》みれば、赤木さんに投資をすることは、まったく分の悪い賭けという話ではないはずです）

修羅道はふと、とある言葉を思い出した。

財団に在籍する偉大なる預言者の言葉である。

『厄災たちは世界を滅ぼしたかったわけではない。すべては悲劇の蓄積の果てだったのだ』

（かの預言者も言っていました。厄災ちゃんたちにはそれぞれ理由があったんだと。おおきなチカラを得る理由が、世界を一度滅ぼすほどの悲劇と動機が……）

修羅道は再び考え、自分の選択は悪くないものだと思うようになった。

（最悪の結末に臆病になるより、最善を求める勇気。こっちのほうが楽しそうです）

「なにやら楽しそうですね、お嬢様」

「そう見えますか、じい」

「ええ。近頃のあなたはとても楽しそうだ。昔に比べれば遥《はる》かに人間らしいです」

「人間らしいだなんておかしなことを言いますね。わたしは人生の大半は人間ですよ？」

信号は青になり、緩やかにアクセルが踏まれ、車は加速しだす。

（赤木《あかぎ》さんが愛情を注いで育ててあげれば、あるいは厄災になんてならないのかもしれませんね。ふたりとも、あんなに可愛いのですからね）

静かに流れゆく田園風景を眺めながら、修羅道の心は期待に満ちていた。

7

財団の恐《こわ》い人たちがみんな帰ったあと。

ひょこっと餓鬼道《がきどう》さんが現れた。そういえば途中から姿が見えなかったが。

「餓鬼道さん、いたんですか。みんな帰っちゃいましたよ」

「友達感のある写真」

「え……どういう意味、です？」

餓鬼道さんは平然とした表情のまま、スッとスマホを取りだした。

もしかして写真が撮りたいということだろうか。

「ほう、英雄、写真を撮るのか。写メというやつだな。写メ」

ちょうどよくゲートボール大会からおじいちゃんとおばあちゃんが帰ってきた。

「サングラス買った」

「ああ、新しいのですか」

前のとほとんど同じに見えるが、微妙にデザインが異なる気がする。

俺と餓鬼道さんはおじいちゃんの撮影のもと、「友達感」溢《あふ》れるおしゃれな一枚を撮った。

距離が近かったし、髪の毛がちょっとくすぐったかったし、いい匂いするしで、やたら恥ずかしかった。顔が熱い。

よく餓鬼道さん平気でいられるな。いや、違うか。舞い上がってるのは俺だけだ。

「どうです、いい感じですか」

「うん、これは友達っぽい」

とのこと。満足いただけたようで嬉《うれ》しい。

「英雄、こやつらを風呂《ふろ》にいれるぞ」

おじいちゃんがシマエナガさんとぎぃさんを抱えて、風呂場へいってしまう。

放っておいたら厄介なことになるのは目に見えているので「ちょっと待っててください

ね」と餓鬼道さんに言って、俺は風呂場へ向かった。

あとを無言で付いてくる餓鬼道さん。何度も「待ってて」というのも、まるで拒んでいるようで憚《はばか》られたので、好きにしてもらっていると、気が付いたらおじいちゃんと俺と餓鬼道さんでシマエナガさんとぎぃさんを洗っていた。

なんでこんなことになっているのか、いまいち納得できないながらも、ごしごし擦って
シマエナガさんを泡まみれにしていく。正面を俺が、背面を餓鬼道さんが担当する。

湿地にいたのでみんな泥んこだったので、なかなか洗い応えがあった。

「こらこら、シマエナガさん、ぎぃさんをイジメちゃだめだって」

シマエナガさんはやたらぎぃさんにちょっかいをかける。

ちっちゃなくちばしでペシペシつつくのだ。

やはり蟲《むし》だから鳥的には食欲を刺激されるのだろうか。

「ちーちーちー‼」

「ぎぃ！」

「だめだよ」

餓鬼道さんは背後からぎゅっと強くシマエナガさんを握る。お腹《なか》まわりがスリムになって、コルセット着けたみたいに締まる。

「ち、ちぃぃ――!?」

「だめ」

「ち、ち――‼　ちぃぃい――‼」

「わかったって言ってる」

「え、あ、餓鬼道さんはシマエナガさんの言ってることわかるんです……？」

「わかる」

わかるらしいです。流石ですね。

餓鬼道さんの教育的指導により、シマエナガさんはぎぃさんへ攻撃しなくなった。

本当に言ってることが伝わってる。シマエナガさんも頭がいいんだな。

「英雄、ぎぃさんは水を身体《からだ》で吸収するようだ。これは面白いな」

「おじいちゃん、ぎぃさんをお風呂に入れないで。水飲み過ぎたらフヤけるから」

修羅道さんと約束した厄災を飼ううえで守るべきルール。

状態の変化に細心の注意をはらうこと。

レベルアップ、スキルの進化・変化・増加、そのほかあらゆる成長に気をくばること。

厄災の成長を抑制すること。そして、報告書を定期的に提出すること。

やるべきことはちょっと大変だ。だけど、責任ある立場だと自覚してる。

ちゃんとお世話できるように努力しよう。

「必ず俺が守ってやるからな」

「ちー♪」

「ぎぃ♪」

「おお、結構フヤけてきたな」

「もうぎぃさんで遊ばないでよ……!!」

ひとまずはおじいちゃんから守ってあげなければ。

赤《あか》木《ぎ》英《ひで》雄《お》 探索者

指男《ゆびおとこ》

JPN RANK A 61th SEARCHER

PERSONALITY 性格

自惚れ屋
卑屈
忍耐強い

SKILL スキル

『フィンガースナップ LV 4』
『恐怖症候群 LV 3』
『一撃 LV 6』
『鋼の精神』
『確率の時間　コイン LV 2』
『スーパーメタル特攻 LV 6』
『蒼い胎動』
『黒沼の断絶者』

EQUIPMENT 装備品

『蒼い血 LV 3』 G4
『選ばれし者の証』 G3
『迷宮の攻略家』 G4
『アドルフェンの聖骸布』 G3

STATUS ステータス LV 140

HP	20,470	ヒットポイント
MP	3,910	マジックポイント
DEF	200	防御
STR	10,000	筋力
DEX	3,000	技量
INT	3	知力
RES	1,900	抵抗
AGI	1,800	敏捷
MYS	21,000	神秘
SPI	24,000	精神

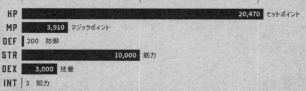

シマエナガさん

厄災

厄災の禽獣

PERSONALITY 性格

勝気

素直

正義感が強い

SKILL スキル

『冒涜の明星』

『冒涜の同盟』

『冒涜の眼力』

STATUS ステータス

LV 29

HP	12,486	ヒットポイント
MP	11,563	マジックポイント
DEF	2,500	防御
STR	6,400	筋力
DEX	5,800	技量
INT	2,000	知力
RES	2,500	抵抗
AGI	8,000	敏捷
MYS	17,000	神秘
SPI	2,500	精神

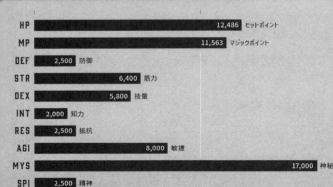

ぎいさん

厄災

厄災の軟体動物

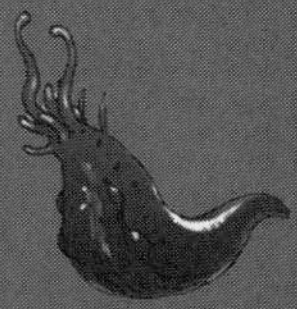

PERSONALITY 性格

理性的

野心家

残酷

SKILL スキル

『黒沼の呼び声』

STATUS ステータス

LV 0

HP	5	ヒットポイント
MP	10	マジックポイント
DEF	100	防御
STR	1	筋力
DEX	10	技量
INT	200	知力
RES	20	抵抗
AGI	1	敏捷
MYS	300	神秘
SPI	300	精神

エピローグ　次の目的地は

祖父母宅でおじいちゃんおばあちゃんと餓鬼道さんと俺で一緒にカニ鍋を食べたり、ついでに一泊したり、なんで餓鬼道さんがいるのかよくわからないまま謎の時間を過ごした。

その翌朝、俺は電車に揺られて赤木家へ帰ってきた。外の時間では2ヶ月くらい経過しているらしいので、どんなリアクションされるのだろうとかちょっとワクワクしていた。

「ああー!?　お兄ちゃん!?　これまでどこ行ってたの!?」

愚妹でも、お兄ちゃんが2ヶ月ぶりの失踪から帰還すると、そんなリアクションしてくれるのね。ていうか、おじいちゃんおばあちゃん、俺の生存連絡してくれていなかったのかい。

「え、本物？　本物？　生きてるの!?」

「本物だ」

「騙《だま》されませんよ？　うちの兄は死にましたけど？」

「勝手に殺すんじゃあない」

妹にぺたぺた触られ実体があることを確かめられ、いくつか質問をされ、ようやく本物だと認めてもらって、家へあがることができた。

「よいしょっと」

「うわ、シマエナガさん、すっごい大きくなってるじゃん‼　成長期なんだね！」

「ちーちーちー」

「可愛《かわい》い～‼　なにこれすごいもふもふ～‼」

「ち～♪」

「ヴッ‼　う、ぅぅ、アブない可愛すぎて逝《い》くところだった。まじでこんな可愛い生物いていいの？　私も群馬で拾ってこようかな……？」

シマエナガさんの可愛さにすっかり堕《お》ちている。

流石《さすが》は我が妹。俺とセンスが似ている。

では、こっちも可愛がってくれることだろう。

「なにそのナメクジ⁉　気持ち悪ッ！　近づけないでッ‼」

「おい、やめろよ、ぎぃさんを悪く言うな。シマエナガさんと同じくらい可愛いだろ」

「ぎぃ」

「いや、まじできっしょ‼　うあああ、無理無理無理無理無理無理無理むむむむ‼」

全力で首を左右に振り乱して、全身で拒否と否定と拒絶と嫌悪《けんお》をあらわしてくる。

ダメだった。流れで可愛いって言ってくれる気がしたんだけど。

あーこらこら、シマエナガさんそんな勝ち誇った風にぎぃさんをつかないの。

「ぎぃさん？　そのナメクジに名前つけてるの？」

「そう」

「お兄ちゃん、なにがあったの……なんでナメクジまで拾ってきちゃったの……あ、もしかして、シマエナガさんの餌？」

「やめろ‼　なんて失礼な‼」

この子だって立派な厄災さまなんだぞ。

ここまで無理無理無理ムーヴされると逆に適応させたくなる。

なんとしてもぎぃさんの良いところを知って欲しくなった。

「ちょっと妹くん、こっち来てぎぃさんを触ってみなさい。好きになるから」

「絶対に嫌なんだけど。きっしょすぎて無理」

「その『きっしょ』ってのやめなさい。可哀想《かわいそう》でしょう」

「お兄ちゃんマジきっしょ」

「いや、俺のことかァいっ‼」

「冗談だよ。お兄ちゃんもぎぃさんもきしょい」

それは冗談になっているのかな。傷つく人数が増えただけなのでは。

「とにかく触りなさい。すべすべしてるから」

「ぬるぬるの間違いでしょ？」

「本当、すべすべなんだよ。それに温かいし」

「きしょすぎて無理！」

愚妹はついぞぎぃさんに触ることなく、そのまま台所へ逃げていってしまった。

「ぎぃ」

「そうですよね、世の中には言っていいことと悪いことがありますよね。ぎぃさん、ああいう失礼な輩《やから》には触手を使ったお仕置きをしましょうね。では、どうやって生意気なＪＫをこらしめるのか。文化的な資料映像をつかって学習しましょうかね」

ぎぃさんの触手を使えば、あんなことやこんなことがし放題なはずだ。

夢が広がる無限大。さあぎぃさん、リアル触手プレイを学ぶのだ。

「ちぃ！」

「え？　妹にえちちな所業はダメだって？」

「ちぃ‼」

シマエナガさんが胸を張って、翼を突きつけてくる。たしなめているのか。

「いきなり正義マンぶるじゃないですか、シマエナガさん」

まあ、ぶるというか、シマエナガさんはもともと性格は良いんだ。

経験値が絡《から》むと、急にがめつくなって、中抜きピンハネ窃盗強盗やりたい放題世紀末伝説シマエナガさんになっちゃいますけど。常時はただの性格良い鳥さんなんだ。

「人格者なら、スポーツマンシップにのっとったレベルアップを心がけて欲しいです」

「ちーちーちー」

「都合悪くなると、ただのシマエナガさんになっちゃいますよね、シマエナガさんって」

「ちーちーちー」

だめだ。かあいい。許しちゃう。

「あ、そういえば」

ただいま平日。高校生たる妹が春休みゆえに平日の昼間に家にいるのはいいとして……

あれから2ヶ月が経過したとなると、やつもいるんじゃないだろうか。ベーリング海から帰ってきているのではないだろうか。やつが。

「琴葉《ことは》、兄貴さ、帰ってきた？」

「うん。普通に帰ってきた。なんか知らないけどベーリング海行ってたんだって」

「どこにいる？　２００万円回収しないと」

妹の密告によって、俺は兄貴の居場所を突き止めた。

音を立てずに2階へあがり、兄貴の部屋を無言でオープンザセサミ。

「ラグッ、絶対にいまの当たってたろ、ふざけんなよ、おいおいおい、まずは俺を蘇生《そせい》しろって。なんでまっさきに相手の死体漁《あさ》ってるんだよ、これだからカスはよォ‼」

バトロワに熱中していた。

「兄貴お帰り。生きてたのか」

「お前は英雄《ひでお》⁉　てめえ、よくもノコノコとお兄様のまえに姿を現すことができたなぁ‼　あんなひでえ目に遭わせやがって‼　俺はてめえだけは許さねえって決めてんだ‼」

兄貴はコントローラーを放り捨て、部屋の隅の木刀を手に取った。

かつては全国大会までいった剣の冴《さ》えと踏み込みで、一刀を打ちこんでくる。

「ベーリング海で思いついた新技を喰《く》らえ、秘剣・凍波《とうは》ッ！」

「くだらねえことしてねえで、金返せよ」

素手で受け止め、握りつぶして、木刀をへし折る。

「ベーリング海で俺も強くなったはずなのに……英雄、お前も強くなっているな⁉」

「探索者を舐《な》めるな。勝てっこないよ」

「まじで強くなってんのかよ。俺もう武力で勝てねぇじゃん」

「金。200万。カニ漁から生還したってことはお金はあるんでしょ？」

「……ああ、ある。あとで振り込んでおくよ」

やけに素直だな。

振り込んでおくというなら、それでいいけど。

その後、俺は新しいスマホを契約しに川越まで出かけた。

潰れたココア揚げパンみたいなスマホを携帯ショップのお姉さんに見せたが「お任せください。ショップ店員の誇りにかけて」と、データ移行をしてもらえた。

携帯ショップの店員ってすごい。

最新の機種を契約しなおして、ホクホク気分で帰路につくことができた。

ちなみに川越とは大都会埼玉のなかでも取りわけ栄える繁栄の都である。日本経済の中心地として名高い埼玉県のなかでも際立《きわだ》って煌《きら》びやかだ。俺のようなシティボーイは月に1回はKAWAGOEへ行くのである。

帰宅すると、父と母にそこそこびっくりされた。

「お前は生きてると思った」

「ちゃんと大学卒業できるんでしょうね」

全然、俺のこと心配してないんですけど。

確認ですけど、俺、２ヶ月くらい姿消してますからね？

俺の家族どうなってんすか。もっと心配してくれよ。琴葉が一番まともかよ。

「英雄の無事を祝って、パーティでもする？　今日はお肉の日だから豚肉が安いしね」

母親の言《げん》で、生還パーティとかいう祝宴を開いてもらえることにはなった。

日常ではまず経験できない題目のパーティにちょっとわくわくした。

ちなみに母の言うお肉の日というのは、近所のスーパーのセール日のことだ。お肉の日とはすなわちお肉が安い日のことである。

夕食の時間、ネギ塩添えの焼き豚丼を食べていると、ふと兄貴のことを思い出す。

居間で囲む食卓のなかに兄貴の姿だけがない。

もしかしたら気まずくて２階から降りてこられないのかもしれない。

せっかく生きて帰って、こんなに楽しい気分だというのに。

今朝はすこしやりすぎたかも――そう思えてきた。

俺がへし折ったあの木刀、兄貴が修学旅行で買ってきたお気に入りだったもんな。

ずいぶん素直になってたし、きっとベーリング海の荒波は兄貴の汚い部分を削り落としてくれたんだろう。彼は更生したのかもしれない。

これからのことも考え、地球上にただひとりしかいない兄貴と仲直りしようと、兄貴に食事をとり分けて、部屋へ持って行くことにした。

「兄貴、ごはん冷めちゃうよ。ネギ塩だよ。うまいよ」

扉をノック。返事がない。

もう一度ノック。やはり返事はない。

「兄貴？　寝てるの？　入るよ？」

断ってから、扉を開いた。ヒューッと冷たい初春の夜風が吹き抜けた。

奥の窓が開いていた。兄貴の姿はない。

これはいったい……ん？　なにか机のうえにあるな。

見やれば、木刀の残骸をおもしに、書置きが残されていた。

『英雄へ
兄ちゃんにお金はありません。方々へ借金返済した結果、借金がなくなった解放感から、再び借金を重ねてしまい、兄ちゃんの借金は1，５００万円に膨らんでしまいました。世の中は理不尽です。お兄ちゃんは被害者です。可哀想でしょう。こんな兄ちゃんからお金を取り立てることができますか。世界でただひとりの兄から、困窮し、四面楚歌《しめんそか》どころか八面楚歌な兄から取り立てることができますか。できないですよね。

不甲斐《ふがい》ないお兄ちゃんを許してください』

許すか。カス。俺はその場で兄貴のために取り分けた豚丼を口へかきこみ、胃袋に収め、どたどたどたどた、っと勢いよく1階へ降りて、クズの残した手紙を親父《おやじ》に見せた。

「なるほど」

「父上」

「お前がそう呼ぶときはたいていろくでもない」

「今回ばかりは、やつを殺してしまうかもしれません」

「ふむ。ベーリング海の冷たさでも、やつは変わらなかったか」

親父はそっと立ちあがり、会社帰りだと言うのに、ネクタイを締めなおした。

——数時間後

俺たちは兄貴を確保し、しかるべき場所へ連行していた。

「はやすぎだってッ⁉　親父たち俺の居場所見つける能力高すぎるだろ⁉」

俺の兄貴を見つけるのになにも特別な能力は必要ない。

近くのパチンコ屋を巡回すればすぐ見つかる。

「うあああ⁉　嘘《うそ》だろ⁉　嘘って言ってくれよ、父ちゃん‼　英雄ぉお‼」

夜の港で、黒服たちに脇を押さえられ、豪華客船に連行されていく兄貴を見送る。

船の名は『Final Hope』——最後の希望という意味だ。

あの船はまもなく出港し、遥《はる》か遠洋上で行われる闇のゲームの舞台となる。莫大《ばくだい》な借金をし、自力で借金を返せないどうしようもない債務者だけが参加できるゲームだ。

夜の海に浮かぶ、あの巨船には非常にレベルの高いクズが集まっているということだ。

債務者たちは自身の運命をゲームに委ね勝負し、勝てば大金を獲得して借金を返済し下船、負ければ借金を返すために数十年にわたる地下強制労働をさせられることになる。

まさに、手に負えないやつらのための、最後の希望。最後のチャンス。

勝てばいい。ここで勝てばいいんだ。それでやり直せる。だが、負ければ――――。

勝たなきゃゴミだ。

「父ちゃん‼　俺、嫌だよ、こんな怖《こえ》え船乗るの嫌だ‼」

「真人《まさと》、大人は筋を通さないといけない」

「英雄、なんとか言ってくれよぉ‼」

「兄貴、頑張れよ」

「鳥ぃ‼」

「ちーちーちー」

「なめくじぃ‼」

「ぎぃ」

みんなで夜の闇へ旅立っていく豪華客船を見送った。

1

夜中、スマホが震えた。

画面を見やれば、修羅道《しゅらどう》さんからメッセージが届いていた。

修羅道：「いま赤木《あかぎ》さんの家の前にいます」

なんのホラーかな。でも、あの人のことだ。真面目かもしれない。常識は通用しない。

俺は「いや、でも流石《さすが》にね」と思いつつ、玄関扉を開いた。

「おはようございます、赤木さん」

いた。夜闇のなかで赤い瞳が輝いていた。恐《こわ》すぎて気絶するかと思った。

「まじで来てたんですか」

「もちろんです。来ていないのにあんなメッセージ送ったら嘘つきじゃないですか」

「いや、それはそうなんですけど。おはようには少し早い時間帯だと思いますが」

「でも、もうじき夜明けですよ？」

空を見上げる。真っ暗だ。時刻は午前3時30分。この時間を朝と呼ぶのは郵便局のおじさんくらいではないだろうか。あとラジオの朝のパーソナリティ。

「では、行きましょうか」

「この唐突な展開。まさか冬キャンプですか？」

群馬での弾丸冬キャンプ。あれも突然始まった。

修羅道さんなら「春だろうと冬キャンプはできます！」くらい言い出しかねない。

「え？ もう春ですよ？ 何を言っているんですか。困った赤木さんですね」

マジレスされました。ありがとうございます。

「それじゃあどこへ行くと言うんです？」

「もちろん、初詣ですよ！」

「初詣……もしかして、ショッピングモールで言っていた？」

「ええ」

修羅道さん、覚えていてくれたんだ。

彼女にとっては2ヶ月以上も前の話だというのに。

「言ったことは実行しないと気が収まらない性質《たち》ですから。だから、これはわたしがどうしても初詣に行きたいとかそういうことではありません！」

自分の言葉に責任を持っているということか。

そうだよな。もしかしたら俺のことを好きで、どうしてもいっしょに行きたくて仕方がなかった、とか一瞬思ったけど、そんな都合のいいラブコメみたいなことある訳がないよな。

「でも、もう3月ですよね？　この時期に初詣は……成立しますかね？」

「赤木さん、初詣に遅いも早いもありません。初詣は心のなかにあるんです」

「なるほど。完全に理解しました」

修羅っとしすぎてほとんど理解できなかった。

「3月でも初詣と言えばそれは初詣なんです。まだこんな時間です。玄関先でうるさくしていたら迷惑です」

「修羅道さんが来たんですけどね……」

「細かいことはいいんです！　さあ早く支度してください」

部屋で再びの外出準備をして、家を出た。

修羅道さんといっしょに偉大なる大都市埼玉県のロードをゆく。

やって来たのは田園風景に囲まれたちいさな神社だ。

この時間では大きな神社は営業してないからだ。

誰もいない暗い境内《けいだい》を歩く。修羅道さんと並んでいるからお化けなんか恐くはない。

もしひとりでいたら普通に股を濡《ぬ》らす自信がある。

「神主さんのいないこういう神社ってありますね」

「後継者不足のようですからね。それと経営不振。十二分にお社を維持するだけのリソースを得られる神社は限られています」

「放置されてるんですかね。そのわりには朽ちてはいないというか、綺麗《きれい》というか」

「毎日のように維持はしなくても、定期的に手を加えるひとがいるらしいですよ。近くの大きな神社がそうした仕事を兼務してる例は多いらしいです」

修羅道さん、物知りさんだ。俺とは根本的に知識量が違う感じがすごいする。

脳みその格差を感じながら、本殿で俺たちは手を合わせた。

最初は俺からだ。二礼、二拍手。一礼。琴葉《ことは》に教えてもらったので知っている。

「お金持ちになれますように、シマエナガさんとぎぃさんが幸せになれますように」

「ちーちーちー」

「ぎぃ」

今度は修羅道さんの番だ。

「こういうのは口には出さないものですよ」

言って彼女は背筋をピンッと正し、深くお辞儀を2回して、2回拍手をした。

手を合わせて、目を瞑《つぶ》り、祈った。

凜《りん》とした横顔も、綺麗な姿勢も、服越しにうかがえる腰のくびれや、白いうなじ、耳にかかる赤い髪までが、俺の視線を捉えて離さなかった。

やがてまぶたをゆっくりと開け、こちらをチラッと見てきた。慌てて視線を逸《そ》らした。

「ちゃんとしてますね」

「ええ。もちろん。神さまに祈る時はちゃんとやらないと聞いてもらえないですから」

「信心深い性格じゃないと思ったんですが」

「神は信じる対象であり、知る対象でもあるということです」

得意げに言われたが、俺には難解すぎてよくわからなかった。

「なにを祈ったんです？　お金ですか？　それとも家族の平和とか？」

「どちらでもないです。これはそうですね、秘密ということにしておきます」

「教えてくださいよ、気になるじゃないですか」

「うーん、恋愛成就、とかですかね」

「え？」

思わずぽかんっと口を開けてしまった。

修羅道さんはいたずらな顔でジト目を向けてくる。

しゅ、修羅道さん、好きな人とかいるんだ……そうだよな……それくらいいるよな。

この話はあんまり聞かない方がいいな。我が身の為《ため》にも。

「ん」

視界がうっすら明るくなっていることに気が付いた。

見やれば空が冷たい色を広げていた。

「赤木さん、こっちです！」

「あっ、ちょっと修羅道さん！」

手を握られ、ぴょんっと修羅ジャンプ、身体《からだ》がぐいんっと引っ張られた。

神社の屋根に着地した。高いところにくると、木々の向こう側に地平線から漏れいずる橙《だいだいいろ》色の温かな灯《あか》りを視界にとらえることができた。

「春はあけぼの、です」

「……やうやう白くなりゆく山際《やまぎわ》」

朝焼けは文字通り、冷たい空の雲を焼きながら、すこしずつ広がっていく。

朝の湿った空気のなかで、本殿の屋根のうえ、ふたりで静かに眺める。

それはやけに特別な時間に感じられた。

「初詣じゃなくても、すべての朝は新しいはじまりを告げる力を持っています」

言われてみると、不思議と修羅道さんの言おうとしたことがわかった気がした。

初詣は、新しいはじまりは、目を向ければいつだってそこにあるのだ。

「というわけで、どうぞ赤木さん、これを」

修羅道さんはスマホを片手で素早く操作する。

俺のポケットが震え、画面を見やれば新着メッセージが1件。

【今日の査定】
特別に大きな黒沼のボスクリスタル　×　1　価格11，253，552円
【合計】11，253，552円
【ダンジョン銀行口座残高】13，415，221円
【修羅道運用】6，090，983円
【総資産】19，506，204円

右記の査定結果が送られてきた。

修羅道さんに頼んでおいた黒沼ダンジョンのボスクリスタルの査定結果だ。

「なんか桁がすげえことになってませんか？」

1，125万って……こんなの生涯、牛丼食べ放題じゃないか‼

並盛ではなく、毎回おしんこやみそ汁、たまごを付けることもできる‼

なんて幸せなんだろう。お金持ちっていいな‼

「これでフルカスタム牛丼、食べ放題ですね♪」

ナチュラルに思考読まれてて草。

「というわけでボスクリスタルの査定結果でした。ダンジョンボスをひとりで倒してしまう。とってもつよつよな赤木さんには……」

「つよつよな赤木さんには……？」

「Aランク探索者になっていただきます！」

「まじですか」

「まじです。おめでとうございます、赤木さんも最高位探索者の仲間入りです！」

ついに俺もAランクか。これでさらに収入が加速してしまう。

「ところで、赤木さん、次のダンジョンはもう決めているんですか」

「いや、まだですね。俺にとっては群馬のことも昨日のことのようでして」

「なるほど。では、千葉はどうですか？」

「千葉？」

「そこには世にも恐ろしいクラス４のジャイアントメガビッグ巨大ダンジョンが出現しているのです。近々、調査が完了し、民間探索者さんたちを募集しはじめると思います」

千葉……県民全員が落花生から生まれる落花生星人だけで構成され、自分たちの住む大地が東京であると、意味不明の主張をする治外法権独立国家。

自分たちのことを東京の一部だと主張し、埼玉や群馬のことを地味に見下していたりするという。世界の大都市・埼玉のシティボーイである俺は、きっとかの土地での安全性は確保されていないだろう。埼玉人とバレればどんな目に遭うことか……果たして、足を踏み入れても大丈夫なのだろうか？

「赤木《あかぎ》さんのような勇敢な探索者さんが挑戦するにふさわしいダンジョンだと思います」

「でも、埼玉人が県境をまたぐと返り血で染まったマスコット血ィ葉くんにひどい目に遭わされるらしいですよ？　安全なのかどうか、むしろダンジョンの中の方が安全まであるとか言われてますし」

「ちなみにわたしの次の配属先も千葉だったりして――」

「千葉ですね？　すぐに行きます」

修羅道《しゅらどう》さんに言われては断れまい。

どんな危険な土地だろうと俺は挑んでみせる。

次の目的地は……千葉だ。

あとがき

こんにちは。作者のムサシノ・F・エナガです。

かつてはファンタスティック小説家を名乗っていた時期もあったりします。

1巻に引き続き書籍版を手にいれてくださった皆様、WEB版から読んでくれている読者の皆様、ご購入ありがとうございます。

第2巻いかがだったでしょうか？　物語の雛型《ひながた》はWEB小説投稿サイト『カクヨム』に毎日連載していた当時のものですが、大きく加筆修正した部分もありました。WEB版から読んでくれている読者の方には、気づいていただけたものと存じます。

不思議な世界に足を踏み入れた赤木英雄《あかぎひでお》の物語はあたらしい局面を迎えましたね。期せずしてあやしげな世界に接触してしまい、奇妙な事件の証人ともなりました。すこしずつ異常に巻き込まれ、物語は千葉ダンジョン編へと移っていきます。続きをお楽しみに。

というわけで、『俺だけデイリーミッションがあるダンジョン生活　第2巻』でした。

ムサシノ・F・エナガは引き続き、不思議な世界を届けて参ります。

最後に関係者の皆様へ謝辞を述べさせていただきます。

編集の伊藤《いとう》様、ゆるっとしたスケジュールだったので優良進行だったと思います。締め切りを過ぎたのはこのあとがきくらいでしょうか。すみません。ありがとうございます。

絵師の天野英《あまのはな》様、第1巻に引き続き、素晴らしきカバー絵、口絵、挿絵を描いてくださりありがとうございます。特に表紙のふたり、オシャンティで最高です。

読者の皆様、第1巻に引き続き書籍を購入してくださり誠にありがとうございます。あなた方のおかげで第2巻を出すことができました。感謝してもし足りません。


3巻出せたらいいなと思いながら、今回はこのあたりで締めくくらせていただきます。

専業作家となり、いろいろ受賞して微ブルジョワとなりつつ、埼玉県辺境にて。

二〇二三年六月　ムサシノ・F・エナガ

お便りはこちらまで

〒一〇二−八一七七
ファンタジア文庫編集部気付
ムサシノ・F・エナガ（様）宛
天野英（様）宛

富士見ファンタジア文庫

俺《おれ》だけデイリーミッションがあるダンジョン生活《せいかつ》2

令和5年8月20日　初版発行

著者——ムサシノ・F・エナガ

発行者——山下直久

発　行——株式会社KADOKAWA

〒102-8177

東京都千代田区富士見2-13-3

0570-002-301（ナビダイヤル）

印刷所——株式会社暁印刷

製本所——本間製本株式会社

ISBN978-4-04-075057-6 C0193　◇◇◇

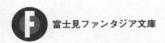

天上優夜《てんじょうゆうや》
異世界で
レベルアップした結果、
最強の身体能力を
手に入れた少年
この少年
すべてが
シリーズ好評発売中！

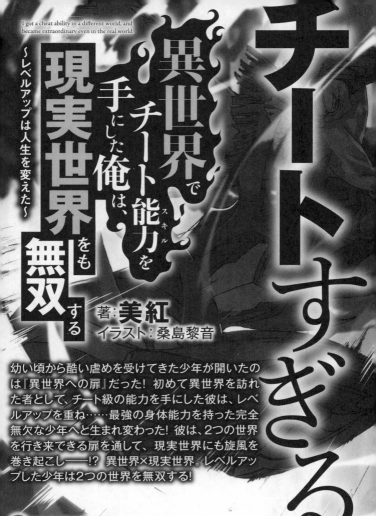

無自覚最強ハーレム！
シリーズ
好評発売中！
妹が女騎士学園に入学したら
なぜか救国の英雄になりました。
僕ぼくが。
After my sister enrolling in Girl Knights' School, I become a HERO.
author.
ラマンおいどん
ill. なたーしゃ
ファンタジア文庫

だって学園の誰より
兄さんのが
強いですから

STORY

妹を女騎士学園に送り出し、さて今日の晩ごはんはなににしよう、と考えていたら、なぜか公爵令嬢の生徒会長がやってきて、知らないうちに女王と出会い、男嫌いのはずのアマゾネスには崇められ……え？　なんで ハーレム？

これは世界を救う
久遠崎彩禍。三〇〇時間に一度、滅亡の危機を迎える世界を救い続けてきた最強の魔女。そして——玖珂無色に身体と力を引き継ぎ、死んでしまった初恋の少女。
無色は彩禍として誰にもバレないよう学園に通うことになるのだが……油断すると男性に戻ってしまうため、女性からのキスが必要不可欠で!?
シン世代ボーイ・ミーツ・ガール!
1
王様のプロポーズ
King Propose
橘公司
Koushi Tachibana
[イラスト]——つなこ

最強の初恋
シリーズ
好評発売中!
ファンタジア文庫

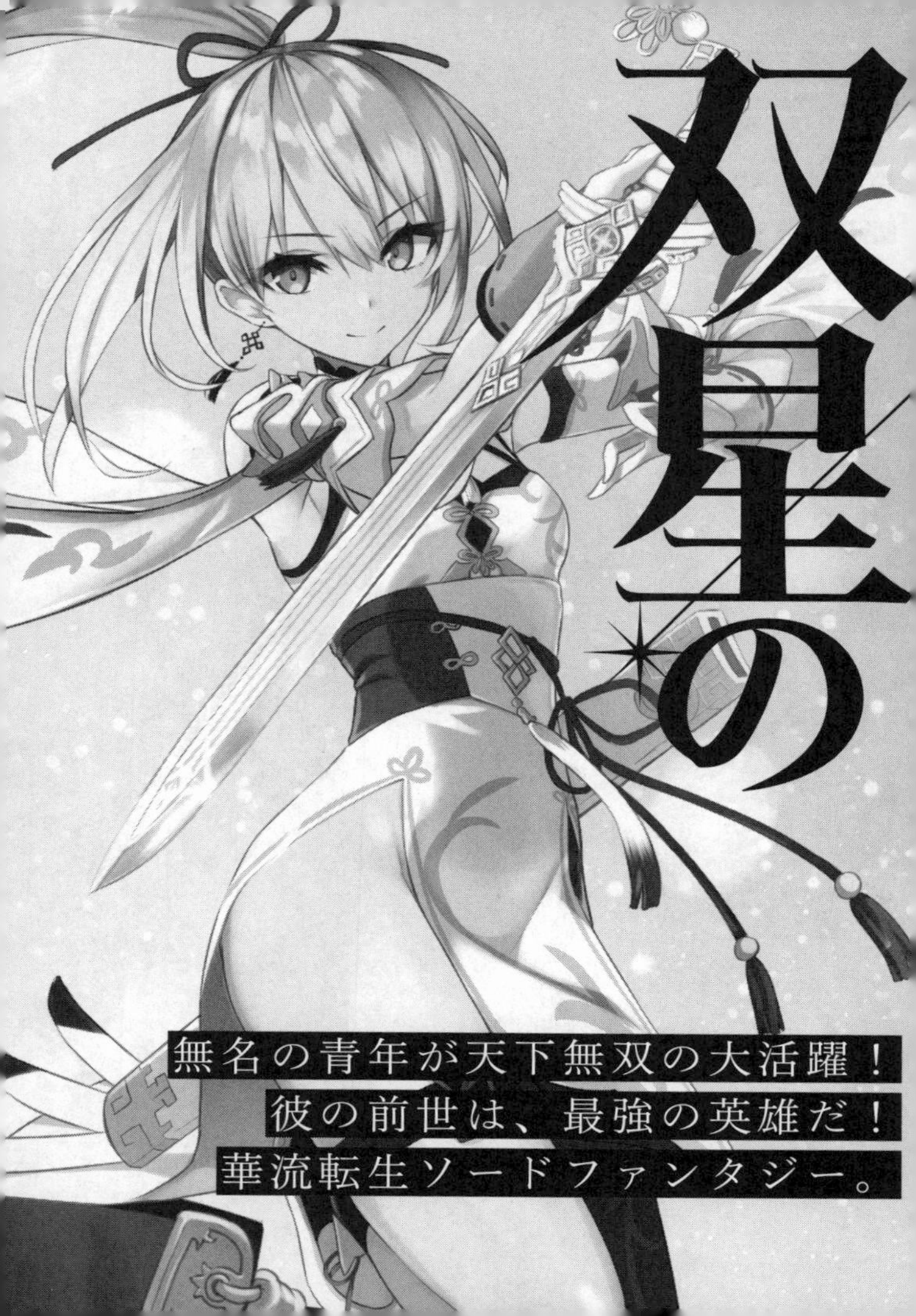

双星の
無名の青年が天下無双の大活躍！
彼の前世は、最強の英雄だ！
華流転生ソードファンタジー。

シリーズ好評発売中！
天剣使い
HEAVENLY SWORD OF TWIN STARS
名将の令嬢である白玲は、
一〇〇〇年前の不敗の英雄が転生した俺を処刑から救った、
才ある美少女。
それから数年後。
始まった異民族との激戦で俺達の武が明らかに――！
最強の白×最強の黒の英雄譚、開幕！
ファンタジア文庫

切り拓け！キミだけの王道
ファンタジア大賞
原稿募集中！
賞金
《大賞》300万円
《金賞》50万円
《銀賞》30万円
選考委員
細音啓「キミと僕の最後の戦場、あるいは世界が始まる聖戦」
橘公司「デート・ア・ライブ」
羊太郎「ロクでなし魔術講師と禁忌教典《アカシックレコード》」
ファンタジア文庫編集長
前期締切 8月末日
後期締切 2月末日
公式サイトはこちら！ https://www.fantasiataisho.com/
イラスト／つなこ、猫鍋蒼、三嶋くろね